講談社文庫

戦《いくさ》百景

山崎の戦い

矢野 隆

JN018742

講談社

天正10年（1582年）山崎の戦い　布陣図

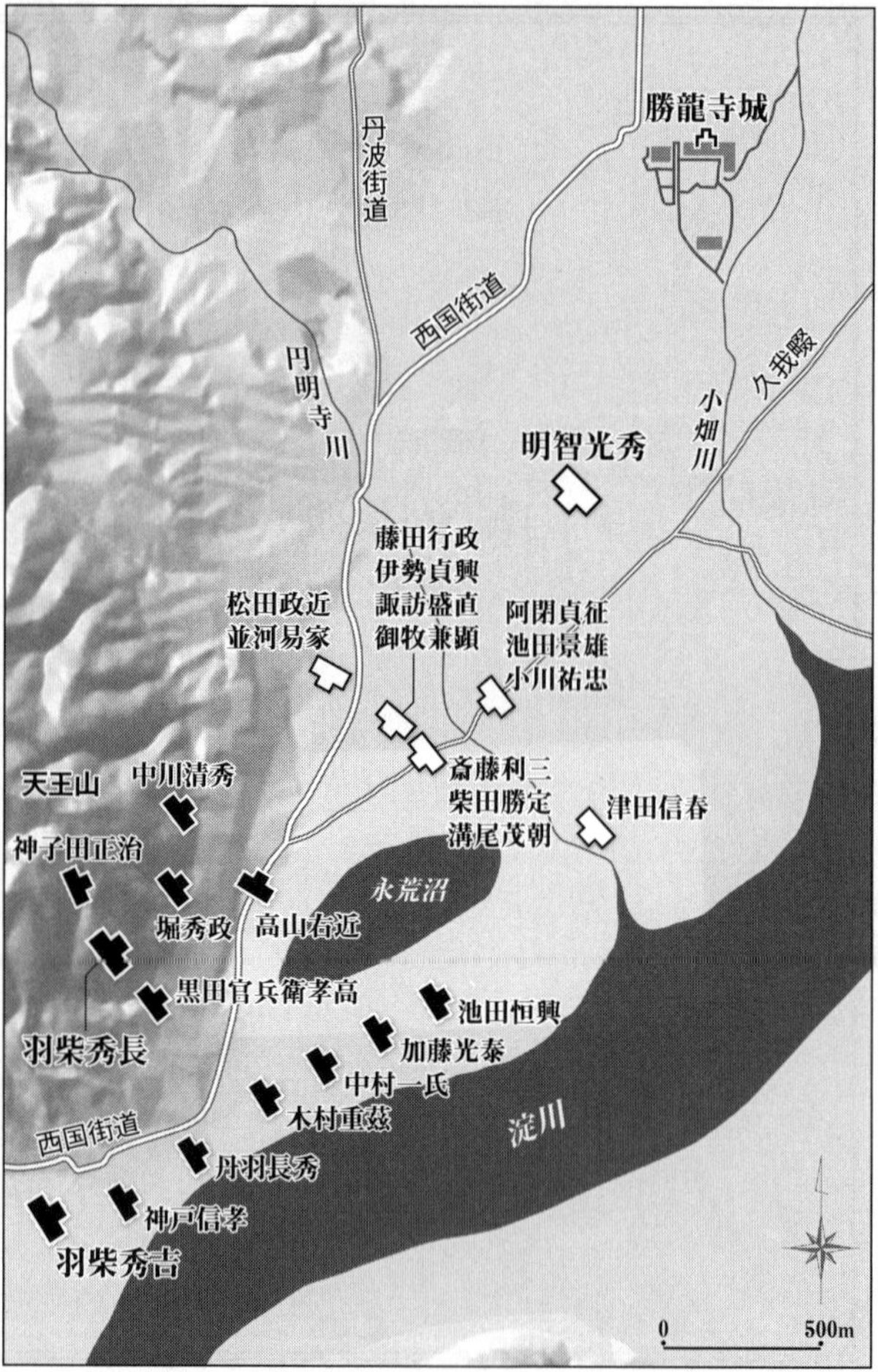

（制作）アトリエ・プラン

戦《いくさ》百景

目次

戦《いくさ》百景　山崎の戦い

壱　黒田官兵衛孝高

「相違あるまいな」

眼前に控える男を見据え、黒田官兵衛孝高《くろだかんべえよしたか》は問う。

無言のままうなずいた男の背を、梅雨《つゆ》晴れの夕陽が照らしている。紅《くれない》の火をまとって沈んでゆく陽が向かう先で、官兵衛たちによって築かれた湖が水面を銀鱗のごとくに輝かせていた。静かに揺蕩《たゆた》う湖面の上に、いくつかの島が浮かんでいる。もとは廓《くるわ》であったそれらは、櫓《やぐら》や屋敷を載せたまま、湖にへだてられ哀れな姿を晒《さら》していた。

備中高松《びっちゅうたかまつ》城。

官兵衛の仕える主にとって、なんとしても落とさなければならぬ標的であった。

しかし……。

それも、最前までのこと。

男のもたらした報せが、主と官兵衛の行く末を大きく変えようとしていた。

「いずれ、敵方にも知れましょう」

眼前の男がつぶやく。

胴丸に陣笠という足軽の装束に身を包んではいるが、この者の本当の素性は官兵衛以外は誰も知らない。

男は都から来た。恐らく昨日から一睡もせずに、夜通し馬を走らせ、官兵衛の元に辿《たど》り着いたのだろう。だが、その顔に疲れは微塵《みじん》も見えなかった。

「大儀」

男は務めを全うしただけだ。どれだけ有益な報せをもたらそうと、ねぎらうようなことはない。

功によって上がるような家格があるわけでもない。幾何《いくばく》かの銭《ぜに》と、守るべき掟《おきて》のために男は生きている。主の労《いたわ》りの言葉など求めてはいない。

官兵衛の言葉を聞いた男は、顎《あご》をちいさく上下させると、静かに腰を浮かせ、音もなく姿を消した。陣所内を行き来する兵たちに紛《まぎ》れて官兵衛の元を去る動きは、消えるとしか言いようのない鮮やかさである。

呼び付けたわけではない。夜にむけて、警護の支度に追われている兵たちを監督している最中、男は突然現れた。目の前に現れてから姿を消すまで、官兵衛は立ったまま男の顔を見ることもなかった。

数瞬の出来事である。

二人が会話を交わした姿を見た者はわずかであろう。それも、支度中の足軽を官兵衛が呼び止めて、なにかを差配するようにしか見えなかったはずだ。不審に思った者がいないのは間違いない。

鼻からおおきく息を吸う。

杖《つえ》を握る手に思わず力が籠《こも》る。

なにも持たない左手で、鼻から下を覆い、幔幕《まんまく》のなかを忙《せわ》しなく行き来する男たちを睨《にら》む。

癖だった。

なにか深く考えごとをする時、官兵衛は手で鼻から下を覆ってしまう。考えるより先に手が動くからどうしようもない。黙考している顔を見られたくないという想いが動きに顕《あらわ》れているのであろう。

手の指の隙間《すきま》を掻《か》い潜《くぐ》り、米の炊《た》ける匂いが鼻腔《びこう》を昇ってくる。いずれの陣所でも、夕餉《ゆうげ》の支度が始まっているはずだ。

眼下に見える湖に浮かぶ城には、もはや炊くほどの米も残されていない。後詰《ごづめ》に到来した毛利《もうり》の一団も、湖水に阻まれて救いの手を差し伸べることもできず、城兵たちが弱っていくのを忸怩《じくじ》たる想いで見守っている。

本願寺《ほんがんじ》攻めの加勢に起因した毛利攻めは、佳境《かきょう》を迎えていた。

織田信長《おだのぶなが》によって中国攻めを命じられた羽柴秀吉《はしばひでよし》は、織田家の手が届かぬ播磨《はりま》以西の攻略のため、所領の近江長浜《おうみながはま》を出立した。

播磨。

官兵衛の故郷である。

小寺《こでら》と名乗っていた官兵衛は、その頃の主であった御着《ごちゃく》の領主、小寺則職《のりもと》とともに、いちはやく秀吉に同心することを決断した。みずからの居城であった姫路《ひめじ》城を秀吉に明け渡し、播磨攻略の起点として用いることを許したのである。主、則職が織田家に反旗をひるがえした時も、官兵衛は一貫して秀吉に従った。

播磨を支配下に置いた秀吉は、織田勢に与《くみ》していた別所長治《べっしょながはる》の裏切りに遭《あ》い、その居城である三木《みき》城を籠城の末、落城させる。弟、羽柴秀長《ひでなが》の奮闘により但馬《たじま》も平定し、備前《びぜん》の有力者、宇喜多直家《うきたなおいえ》の服属を受け入れた秀吉はその勢いに乗じ、毛利の領内ともいえる因幡《いなば》へと足を踏み入れた。

因幡の要《かなめ》ともいえる鳥取《とっとり》城を守る山名《やまな》豊国《とよくに》を調略のすえ寝返らせたのだが、家臣たちは織田方に降《くだ》るのを潔しとせず豊国を城から追放した。新たな守将をとの求めに応じ、毛利家は一門衆の吉川経家《きっかわつねいえ》を派遣する。

秀吉は鳥取城を囲んで苛烈なまでに攻めたてた。腹を空《す》かせた敵兵が喰い物を求めて囲みのほうまで来るのを撃ち殺すと、死骸に仲間たちが群がりむさぼり喰らうという凄まじさであった。三ヵ月あまりの籠城の末、守将である経家の切腹によって鳥取城は開城し、秀吉は次の標的を備中高松城に定めたのである。

高松城を守っていたのは、清水宗治《しみずむねはる》であった。調略の誘いに乗らぬ宗治の強硬な姿勢に、秀吉はやむなく干戈《かんか》を交える決断をする。

高松城は低地に築かれた平城《ひらじろ》であった。水はけが悪く、周囲には湿地が点在している。

秀吉が高松城を囲んだのは五月であった。ちょうど梅雨の長雨が、低地を濡らす頃である。

高松城の脇を流れていた足守《あしもり》川の流れをせき止めるために、秀吉は高さ四間《けん》、長さ二十六町《ちょう》という長大な堤《つつみ》を築かせた。高松城を囲んだ三万の兵を総動員して、十二日で完成させると、流れをせき止められた足守川の水は行き場を失い、みるみるうちに高松城の周囲に流れこみはじめた。そこに梅雨の雨も加勢して、高松城の周囲に湖が姿を現したのである。

宗治を見殺しにはできぬと、毛利勢も後詰を送った。しかも、元就《もとなり》の二人の子供であり毛利の両川《りょうせん》と呼ばれる小早川隆景《こばやかわたかかげ》、吉川元春《もとはる》を派遣。城を取り囲む織田勢と睨《にら》み合う形となった。

この地で毛利との雌雄を決する。

秀吉は最後の一手として、織田家の旗頭、織田信長に救援を頼んだ。惣領《そうりょう》である輝元《てるもと》に次ぐ重臣である隆景と元春が布陣する地に、信長が到来するということは、両家の相克《そうこく》の決着を付ける戦を行うことを意味している。

そうなれば毛利に勝ち目はない。

どれだけ中国に確固たる力を誇っていようと、相手は近江安土《あづち》を中心として二十八ヵ国に支配の手を伸ばしている信長とは、あまりにも実力が違い過ぎる。みずからの領内でどれだけ強硬に抵抗してみせようと、正面からぶつかれば敵《かな》うはずもない。信長の到来が意味するところは、毛利家も重々承知しているはずだ。

織田家は本気で毛利を潰す。

秀吉の一手には、そんな重い重い意味が込められていた。

が……。

なにもかもが暗礁に乗り上げてしまった。

昨日の早暁《そうぎょう》、信長が死んだのだ。

腹心中の腹心であった惟任光秀《これとうみつひで》の手によって。

光秀は信長とともに秀吉の後詰として、この地に到来するはずだった。信長に先んじて、丹波《たんば》を出立し、備中にむかう手筈《てはず》になっていたのである。

しかし光秀は、秀吉の後詰のために集めた兵とともに都にむかい、信長の宿所であった本能寺《ほんのうじ》を急襲。これを討ち、信長から家督を受け継ぎ織田家の惣領となっていた信忠《のぶただ》をも二条城《にじょう》にて討ち果たしたという。

先刻の男からの報せである。

先刻の男には幾人もの手下がいて、そのすべてを用い、信長を見張らせていた。官兵衛の独断で、信長の動向をうかがわせていたのである。変事があれば、すぐに官兵衛の耳にもたらされるように手筈は整えられていた。

予感があったわけではない。よもや光秀が裏切るなどとは思ってもみなかった。ただ、織田信長から目を離してはならぬと思っただけのこと。すべては、己が主と見込んだ、羽柴秀吉という男のためである。信長の動向を誰よりも先んじて知っていれば、秀吉は信長の好む動きをいち早く取ることができる。秀吉の功の助けになればという程度の気持ちで行っていたことだった。

それが……。

これほど重大な事態をもたらすことになろうとは、官兵衛自身思ってもみなかった。

変事があったのは昨日の早朝なのだ。恐らくこの地で、信長が死んだことを知っているのは、官兵衛と先刻の男のみである。畿内周辺に散っている織田家の重臣たちの耳にもたらされるまでには、数日の時を要するはずだ。

信長が死んだ。

あの天魔のごとき男が。

官兵衛の脳裏に、安土で見た信長の面相が蘇《よみがえ》る。

播磨でいち早く秀吉への服属を決めた官兵衛は、その頃の主であった則職とともに、秀吉の取りなしのもと、安土城の信長に面会を求めた。大広間の下座で則職と並んで平伏する官兵衛のことを、信長は見向きもしなかった。小寺の惣領である則職に情の籠らぬ声で二言三言、言葉を投げると、そそくさと広間を退出した。

小姓を引き連れ広間を出てゆこうとする信長の顔を見ようと、官兵衛は伏せていた目を誰にも悟られぬよう静かに上げた。

人のそれとは思えぬ……。

官兵衛たちを見ず、廊下へと向かおうとする信長の青白き顔に、官兵衛は情の欠片《かけら》も見つけることができなかった。能面を着けているかのように、頬《ほお》の皮さえ動かすことのない顔を目の当《ま》たりにし、背筋が寒くなったのをいまでも覚えている。

果たしてこの男に、播磨と主家の命運を委ねて良いのだろうかという不安が、信長との邂逅《かいこう》を果たしてからというもの日を追うごとに大きくなっていった。

将軍を都より追い払い、比叡山《ひえいざん》を焼き、本願寺の門徒たちを苛烈なまでに攻めたてた信長は、第六天魔王と恐れられた。

魔王が死ぬわけがない。

信長は死なない。

馬鹿げた想いであるとはわかっていながら、官兵衛は心のどこかでそう思っていた。

織田家の臣たちも、おそらく大なり小なりそう思っているはずだ。

だからこそ。

いまこの時がなによりも大事なのである。

「金柑《きんかん》め」

信長が付けた光秀の仇名《あだな》を口にする。

掌で覆った唇《くちびる》が自然とほころぶ。

「やってくれおったわ」

信長は三十人あまりの小姓衆だけを連れて本能寺に寄宿していたという。

絶好の機会ではないか。

「くくくくくくく……」

顔に触れた手の隙間から、悪辣《あくらつ》な笑い声が漏れる。

己が光秀であっても、この機を逃しはしなかっただろう。

すでに信長は天下に指をかけていた。もはや彼に刃向かう力を持つ者は、日ノ本に残されてはいない。後は、信長の元に天下が収斂《しゅうれん》してゆくのを、阿呆面《あほうづら》をして見守るだけしかなかった。

しかしそのすべてがひっくり返った。

光秀の決断によって。

目の前では家臣たちがなにも知らずに夜を迎える支度に追われている。城を囲んでひと月弱。水浸しになった敵の城から攻撃が加えられることはない。後詰に現れた毛利の兵たちも、指をくわえて見守るだけで、こちらを揺さ振るような無謀な真似はしてこない。

昨日と変わらぬ夜が来る。

誰もがそう信じて疑わない。

恐らく主も……。

信長とは相反する主の顔を思い浮かべる。羽柴秀吉という男を思うと、官兵衛の脳裏には常に破顔した赤ら顔が浮かぶ。

秀吉の面には情が満ち満ちている。情を裡《うち》に秘めるということがない。それがかならず本心であるとは限らないのだが。

儂《わし》はいま全力で悩んでいる。悲しくて仕方がない。嬉しい、楽しい、眠くてたまらぬ、腹立たしい。

猿に似た秀吉の顔は、裡なる想いの変化とともにくるくる変わる。

秀吉が信長の死を知ったら、いったいどんな顔をするのか……。

官兵衛の背筋を雷が駆け抜ける。

知りたい。

口角が吊《つ》り上がる。掌に覆われていない常から細い両の目が弓形に歪《ゆが》むのを、官兵衛は抑えることができない。

秀吉は信長のことを生みの親以上に想っている。いまの己があるのは、信長のおかげ。百姓に生まれ、親に逆らい家を飛び出し、食うや食わずの暮らしをしていた秀吉を拾い上げ、織田家の宿老にまで取りたててくれた信長という男を、心底から慕っている。信長のためならば、秀吉は己が命すら喜んで投げ出すだろう。

光秀ほどの気概があれば……。

官兵衛は思わぬこともない。

主は信長などよりも天下を治めるに足る男であると、官兵衛は信じて疑わない。もし中国方面の大将が秀吉でなかったならば、播磨の国衆の誰よりも早く織田家に頭《こうべ》を垂れるようなことはなかっただろう。秀吉であったからこそ、みずからの居城を差し出しもしたのだ。

それに……。

秀吉には大恩がある。

息子の命の恩人だ。

織田家の幕下にあった荒木《あらき》村重《むらしげ》が反旗をひるがえし、有岡《ありおか》城に立てこもった際、官兵衛は説得のために単身、城に入った。

そして拉致《らち》された。

官兵衛は城外との接触を完全に断たれ、地下牢《ろう》に幽閉され一年過ごすことになる。満足に足を伸ばせぬほど狭い牢に押し込められたせいで、いまでも足が満足に動かない。

外部との接触を断たれた官兵衛を、信長は疑った。

村重に同心したと決めつけた信長は、官兵衛の息子、松寿丸《しょうじゅまる》を殺すよう秀吉に命じた。

官兵衛は後に知ったのだが、この時、秀吉の重臣であった竹中半兵衛《たけなかはんべえ》重治《しげはる》が、松寿丸をみずからの居城に匿《かくま》い、信長には処断したと偽りの報告をしたのだという。もちろん秀吉も、半兵衛の判断を支持した。

官兵衛は裏切ってなどいない。秀吉と半兵衛はそう信じ、息子を守ってくれたのだ。もしも信長に知れれば、二人は決して許されない。信長という男は頭に血が上ったら、理を見失う男だ。下手《へた》をすれば二人が首を刎《は》ねられていてもおかしくはなかった。

秀吉と半兵衛は、命懸けで息子を守ってくれたのだ。

有岡城の開城とともに官兵衛は救い出され、松寿丸との再会を果たす。その後、松寿丸が生きていることを知った信長は、官兵衛への疑念も晴れていたこともあり、秀吉たちを不問に付した。

だが……。

官兵衛はあの時のことを決して忘れはしない。

信長は子の仇だ。たとえ死んではおらずとも、殺せと命じたことは揺るがない。様《ざま》を見ろ。

信長の死を知った官兵衛の胸に最初に去来したのは、その一語であった。

「あぁ……」

恍惚《こうこつ》の声が体の芯を揺さ振るようにして、舌《した》の先から零《こぼ》れ落ちる。

この世でもっとも慕う男と現世で誰よりも憎んでいる男が、己の吐き出す黒き言葉によって最後の邂逅を果たす。果たして秀吉は、どんな顔をするのか。いつ何時でも面の皮に情を満たした男の顔が、主の死を知りどのように変容するのか。

愉《たの》しみでならない。

「石井山《いしいやま》へ行く」

秀吉の本陣がある山の名を口にして、官兵衛は思うままにならぬ足を、杖とともに前に進めた。

「ま……」

目を見開いたまま、主が固まった。

二人きり。

本陣の幔幕のうちに急場で拵《こしら》えさせた秀吉の寝所で、官兵衛は夕刻に知った事実を告げた。

「まさか」

長い沈黙の後に、秀吉は薄ら笑いを浮かべながらつぶやいた。胡坐《あぐら》のまま眼前に控える官兵衛を上座から見据え、ゆるやかに首を横に振っている。

「いやいや、そんなこたぁない」

首を振りながらつぶやいている。目の前の官兵衛に聞かせるでもなく、言葉の欠片をぶつぶつと吐き散らしながら、秀吉はなにかを考えているようだった。

黙したまま主を見つめる。漆黒《しっこく》の甲冑《かっちゅう》に身を包み、片方の足を、床板に投げ出している。牢獄での暮らしの後に力が入らなくなった足は、胡坐の形に曲げることができなかった。片方の足を投げ出して胡坐をかき、背筋を伸ばしたままでいるのは、普通に座るよりも骨が折れる。気を抜くと後ろに倒れそうになるから、丹田《たんでん》に力を込め続けなければならない。長年そうやって座っているから、体の芯が頑強になっている。足には力が入らぬが、その分だけ他の部位が鍛えられた。幽閉を解かれてから三年弱が経ち、いまでは何刻でもこのまま座り続けられるようになっている。

主は鎧《よろい》を着けず、緋《ひ》色の小袖を着流した気楽な格好であった。武張《ぶば》ったことが苦手な秀吉の襟元から、骨の浮き出た華奢《きゃしゃ》な胸板が覗《のぞ》いている。

夜の闇に逆らうように寝間の隅で燃える灯火《ともしび》の明かりを背負う主の顔に、いつもの陽光のような眩《まぶ》しさはなかった。

「嘘を申せ」

考えに考え抜いた後、主はやっとのことでそれだけを言った。その大きな目は、官兵衛を捉えてはいない。壮大な悪戯《いたずら》が親にばれ、大目玉を食らった童《わらべ》が、必死に言い訳を考えている。そんな面構えであった。

こんな情けない秀吉の顔を、官兵衛はこれまで一度も見たことがない。

「真《まこと》にござりまする」

冷徹な一語を浴びせ掛ける。

「間者《かんじゃ》の申すことなど当てにならぬわい」

薄ら笑いを浮かべながら、主が先刻よりも派手に首を振る。

「いやいや、当てにならぬ当てにならぬ」

猿のような顔の前で己が掌をひらひらさせる。

「御主らしくもないぞ官兵衛。殿が死ぬわけがなかろう」

言った秀吉の右目から、滴《しずく》がひとつ零れ落ちた。

「あ、あの光秀が、と、殿を殺すわけがなかろう。だ、だって、あの男は……。あの金柑は、殿に拾ってもらったのだぞ」

「秀吉殿」

あくまで官兵衛は秀吉の与力であり家臣ではない。殿や上様などと呼ぶような間柄ではなかった。虚空《こくう》をさまよう視線を留めるように、膝《ひざ》を滑《すべ》らせ間合いを詰め、秀吉の目の前に己の顔を置く。

「昨日早暁、信長公は京《きょう》本能寺にて惟任光秀の謀反《むほん》によって身罷《みまか》られ申した」

「嫌じゃっ！」

嘘じゃ、ではない。

立ち上がった秀吉の口から、思わず本心が滑り出た。頭ではわかっているのだ。官兵衛がこれほど重大な事実を軽はずみに口にするわけがないということを。

心が受け入れてくれない。

主が死んだことを正視するのを心が拒んでいる。その末に口から零れたのが、嫌だという一語であった。

官兵衛は逃げずに秀吉の足元に座り、じっと見上げる。

秀吉は官兵衛を見ていない。緋色の小袖の襟元を指先で忙しなくいじりながら、白木の天井を頼りなげに眺めている。

「殿がおらぬなど……。嫌じゃ。儂は……。儂はいったいこれからどうすればよいのじゃ」

誰に問うでもなく天井に向かってつぶやく秀吉の両目から涙が溢《あふ》れ出す。

この男は心の底から、信長の天下を望んでいたのだということを、官兵衛はいまさらながらに知らされた。

武士が家臣として主君に仕える。

たしかに主従の忠節は必要だと、官兵衛も思う。だが、主のためにみずからのすべてを投げ打つほどの忠節など、官兵衛はこれまで一度も胸に宿したことはない。

小寺則職、織田信長、羽柴秀吉……。

誰一人として、己よりも大事な存在ではない。

己の身命、そして黒田家があってこその、官兵衛である。主の栄達によって、みずからの格が上がるからこそ、忠節を尽くすのだ。

天下を望む。

卑賤《ひせん》な牢人《ろうにん》であろうと、武士であるならば心の真ん中に立てておかねばならぬ柱であると、官兵衛は信じている。

天下を望むのであれば、主など所詮《しょせん》は一時の腰掛に過ぎない。目の前の秀吉すら、己が天下の足枷《あしかせ》になるならば、官兵衛は躊躇《ちゅうちょ》なく命を奪うだろう。そういう意味では、主の死を知って滂沱《ぼうだ》の涙を流している秀吉よりも、信長を殺した光秀の心根のほうが、官兵衛には理解できる。

武士にとって主とは、みずからの天下の途上に立ち塞がる壁なのだ。

光秀は信長という壁を打ち払っただけのこと。

当然のたしなみではないか。

「殿ぉ……。嫌じゃぁ……」

哀れな声を上げて秀吉が泣いている。これほど情けない男を、なぜ官兵衛は主に選んだのか。信長ではなく、秀吉の与力であることを望んだのは何故なのだろうか。

みずからの人を見る目を疑いそうになる。

「秀吉殿」

揺らぎそうになる自身を奮い立たせるため、官兵衛は立ち上がって秀吉の肩をつかんだ。頭ひとつ小さな秀吉は、泣き顔のまま官兵衛を見上げる。

情けない……。

腹立たしくなる。

「御運が開けましたな」

「え」

呆《ほう》けた声を吐いて秀吉が目をしばたたく。

こんな簡単なこともわからないのか、この男は。

この男に官兵衛はいったい何を求めているのだろうか。苛立《いらだ》ちが手の力となって秀吉の肩をつかむ指を、肉のなかへとめり込ませてゆく。泣き顔の猿の肩から、血の熱さが伝わって来る。

「秀吉殿は生きておられるのですぞ」

だらしなく口を開いて聞いている猿の耳に、黒い毒を流し込んでゆく。

「信長公が死んだことは、まだ誰も知りませぬ」

根拠はない。官兵衛のように都に間者を差し向けていた者がいたかもしれぬ。それでも言い切る。諭《さと》す言葉は強ければ強いほど良い。諭す者が迷っていたら、行く道を見失っている者はどうすれば良いかわからなくなる。

「秀吉殿の天下を邪魔する者は、もうこの世におらぬのです」

信長こそが秀吉の最大の障害であったことを、思い知らせてやる。

ここで立ち上がらなければ、この男はここまでだ。

「じゃが……」

言葉を差し挟ませはしない。秀吉に考える隙を与えぬよう、官兵衛は一気にまくしたてる。

「惟任日向守《ひゅうがのかみ》光秀は主の仇。このまま指をくわえて誰かに討たれるのを待つおつもりか」

「殿の仇……」

「左様。秀吉殿が死ぬほど憧れ、慕い続けた信長公を殺した仇にござる。光秀を討ち果たすことこそ、信長公への最後の奉公ではありませぬか」

熱い肩を揺さぶる。

「今ならば、誰もまだ信長公の死を知りませぬ。すぐに京へと取って返し、光秀を討つのです」

「殿」

固く閉じられた戸のむこうから秀吉の近習《きんじゅ》の声が聞こえた。官兵衛は口を閉ざして、部屋の脇に控える。涙を袖でぬぐい、上座に腰を据えた秀吉が、咳払《せきばら》いをひとつして答えた。

「なんじゃ」

「秀長様がおいでにござります」

「小一郎《こいちろう》が」

弟の名を呼び、秀吉は官兵衛を見た。退室せんと腰を浮かした官兵衛に、秀吉は首を振る。この場におれとの合図だ。浮かせた腰をふたたび床に落ちつける。

「通せ」

秀吉の命とともに戸が静かに開いて、甲冑に身を包んだ羽柴秀長が敷居をまたいで下座にどかりと座った。

兄弟でありながら、二人の体格は正反対というべき違いがある。小柄で猿みたいな秀吉と違い、弟の秀長は堂々たる体軀《たいく》であった。猿と見紛《みまが》うほどの丸顔の秀吉とは違い秀長は面長《おもなが》で、一見すると二人が兄弟だとはとても思えない。聞けば二人は父が違うらしい。そのあたりのことが、姿形に影響を与えているのであろう。

「官兵衛殿もいらしておったか」

部屋の脇に控える黒色の与力を横目で見遣り、秀長が淡々とした口調で言った。この弟は兄とは違い、荒事《あらごと》よりも政《まつりごと》に関心があるようで、物腰も柔らかい。官兵衛は秀長が怒ったところを見たことがなかった。

死んだ竹中半兵衛に代わって、官兵衛が秀吉の軍師の真似事を行っていることを知っている秀長は、同席を拒むような言葉を吐かずに、兄に目を向けかすかに頭を垂れた。

「どうかしたか」

兄弟の気安さで問う秀吉の声に、先刻までの動揺はない。

頭を垂れたまま見上げるようにして、秀長は静かに語り出す。

「我が陣中を通り抜けようとしておった不審なる者を捕えましてござります」

「不審なる者……」

秀吉が横目で官兵衛を見た。ちいさくうなずき、秀長を見ることで、弟の言葉に耳を傾けるよう促す。すると秀吉は、ふたたび下座の大男へと目をやった。

「どうやら毛利の陣所へと向かおうとしておったところ、夜道に惑い我が陣中に迷い込んだようにござりまする」

「敵方の者か」

「それが……」

「どうした」

口籠った秀長を、苛立つような秀吉の声が急《せ》かす。

「その者が申すには、己は惟任日向守の遣いであると」

そんな重大なことを、易々《やすやす》と語るはずがない。どれほど苛烈な拷問《ごうもん》が行われたのか、官兵衛には知る由もない。敵陣に迷い込むなど使者として下の下である。救いようもない愚か者だ。同情の余地はない。

「惟任日向守が申すには……」

「殿を討ったと言うておるのであろう」

弟の言葉を断ち切り、秀吉が言った。一瞬驚くように目を見開いた秀長は、すぐに顔色を平素の実直な風情《ふぜい》に戻すと、視線だけを官兵衛に送る。羽柴家のなかでも、目端の利き方では秀長の右に出る者はいない。家中にあっても、官兵衛が唯一といってよいほどその智謀を認めている男だ。あと一人、若年の石田佐吉《いしださきち》あたりを除くと、聡《さと》さで官兵衛をうなずかせる者は羽柴家にはいない。

故に……。

秀吉よりも油断ならぬ男である。

兄のひと言で、秀長は光秀謀反の報せを誰がもたらしたのかを悟った。そして、その当事者に視線を送って発言をうながしている。

官兵衛は静かにうなずいてから、自然と笑みに歪む唇を動かし始めた。

「都に遣わしておった某《それがし》の間者より、先刻報せが入り申した」

「惟任の謀反で信長公が身罷った。そう申しておったのか」

「左様」

みずからの問いの答えを聞いた秀長は、腕を組んで鼻から深く息を吸った。

「どうやら真のようですな」

上座の兄を見つめ、秀長が重い声を吐いた。

「惟任日向の使者が毛利へと遣わされたということは、みずからに加勢せよということでござりましょう」

秀長の言うことは説明するまでもなく、官兵衛にはわかっている。与力の問いを受け、面長な顔が上下した。

敵の敵は味方。

信長を討ち、織田家の臣たちの仇となった光秀にとって、彼等が相対している大名たちと手を結ぶことで、畿内を抑える時を稼ぐことができる。天下一統目前まで迫った信長に単身では立ち向かうことができない周辺諸国の大名たちにとってみれば、光秀と手を組むことで、信長不在で混乱する織田家を倒せるかもしれぬという希望が持てる。

互いにとって、悪くない盟約だと官兵衛も思う。

織田家中でも一二を争うほど目端の利く光秀のことである。毛利に書状を送るという選択は、在り得ぬことではない。

敵味方双方から、信長の死という報せがもたらされた。

もはや疑う余地はない。

ここまで来ても現実から目を背けるつもりか……。

官兵衛は静かに上座に目をむける。

秀吉は顔を伏せ、胡坐の上に置いたみずからの手をぼんやりと眺《なが》めていた。そしてそのまま、貧相な髭《ひげ》の下にある乾いた唇をゆるやかに震わす。

「そうか……」

しみじみとつぶやく。

官兵衛と秀長は口を噤《つぐ》んだまま、主の言葉を待つ。

「もうこの世に信長様はおらぬのか」

みずからに言い聞かせるようにささやいた秀吉が、頭を重そうに持ち上げて官兵衛を見た。その目からは、先刻までの惑いの色がすっかり消え失せていた。だからといって、平素のような爛々《らんらん》と輝く瞳とは違う。迷いはないが、生気もない。死人のごとき虚ろな眼が、官兵衛をとらえて離さない。

そうだ。

信長は死んだのだ。

もうこの世にはいない。

心に寸余の迷いすら抱かず、頑《がん》とした態度で主の視線を受け止める。

立ち上がれ……。

腹に溜めた気を両目から放ち、腑《ふ》抜《ぬ》けたままの主の身中に視線を伝ってみずからの思念を注ぎ込もうと努める。

こんなところで終わって良いのか。

信長がいなければ輝けぬのか。

羽柴秀吉という男は、そんなに卑小な男だったのか。

叱咤《しった》の言葉が嵐となって喉の奥に渦巻いている。丹田に力を込めていなければ、濁流となって上座に向かって流れだしそうだった。

「ふふ」

死人のごとき眼差しのまま、秀吉が官兵衛の顔を見つめたまま力無く笑った。

「光秀め……。毛利を焚き付け、儂をこの地に縛りつけておくつもりであったのだな」

重い声でつぶやいてから、秀吉は弟に目をむけた。

「良う捕えた。其奴《そやつ》が毛利の陣中に辿り着いておったらと思うとぞっとするわい」

秀吉の言う通りである。

信長の死を知った敵は、こちらの陣中に本能寺での変事を知らしめ、混乱する兵たちを攻めたてるだろう。小早川隆景という男は、軍略の才に恵まれていると聞く。そのくらいのことは考えつくはずだ。

秀吉は信長に所領を与えられ、多くの与力を付けられている。秀吉の手勢だとはいえ、大本は織田家の兵なのだ。信長の死を唐突に知れば、どれだけ秀吉が檄《げき》を飛ばしても、足並みが乱れるのは間違いない。

しかも警戒しなければならないのは、前方の毛利だけではないのだ。信長を討った光秀が近国の者たちを糾合し、背後から迫ってくるという事態も十分に考えられる。細川藤孝《ほそかわふじたか》、筒井順慶《つついじゆんけい》など、光秀の与力や縁者には有力大名も多い。それらと手を取り、光秀が畿内周辺を制圧してしまえば、単身で抗するだけの力は秀吉にはない。

光秀からの毛利への使者を捕えたという一事は、この先の秀吉の命運を左右する転機であったと官兵衛は思う。

気味の悪い笑みを貼り付かせたまま、秀吉の目がふたたび官兵衛をとらえた。

「御主の申す通りじゃ」

声に若干の悪意がにじんでいる。

官兵衛は黙したまま、視線のみで主の言葉をうながす。

「惟任日向は殿の仇じゃ」

主の目が朱に染まっている。

涙で染まったわけではない。すでに涙は収まっている。

怒りだ。

光秀への怒りが、秀吉の身中で焔となって燃え盛りはじめている。

拳《こぶし》が上座を叩《たた》いた。震える右の拳を床に押し付けたまま、官兵衛を見据えた主が腹の底から絞り出すように声を吐く。

「奴だけは許さん。かならず儂の手で、奴を討つ。腐った金柑を握り潰さねば、殿に顔向けができん」

秀吉が歯を食い縛り、もう一度床を打った。

主が怒れば怒るほど、官兵衛は冷めてゆく。秀吉の心に火を起こさんとしていた時に宿っていた身中の覇気が静寂の闇のなかに消え、冷徹な心が思考を研《と》ぎ澄ませてゆく。

「そのためには一刻も早く、京へと戻らねばなりませぬ」

信長を討った光秀がどう動くのか。予測は立つが、正確に読み取ることはできない。都に留まるか、信長の居城であった安土城を拠点にするか、己が領地である近江坂本《さかもと》へと戻るのか。いずれにせよ、畿内周辺に光秀はいる。ならば、目指すべきは都で間違いない。

「毛利とは和睦せねばなりませぬな」

官兵衛の言葉に重ねるように、秀長が言った。幸い、毛利とはかねてから和睦の交渉が行われている。

信長の到来は、すでに毛利の耳にも入っていた。信長が毛利征伐にみずから赴くということは、白黒を付けにくるということだ。このまま毛利が己に逆らい続けるならば、滅ぼすまで戦う。信長の出陣には、そういう意味がある。

滅ぼされてしまうくらいなら、頭を垂れてはどうか。

秀吉の提案の下、和睦の交渉が始まっていた。

美作《みまさか》、伯耆《ほうき》、備中という織田家と毛利家の間で争いが行われている地とともに、出雲《いずも》、備後《びんご》二国の織田家への譲渡。それと、備中高松城の城主、清水宗治の切腹という条件が、秀吉から毛利家へともたらされている。

五ヵ国の譲渡と宗治の切腹という厳しい条件は、和睦とはいえ毛利側としてみれば、みずからの敗北を認めるも同然だった。そのため、交渉は難航し、信長の出馬を間近に控えてぎりぎりのせめぎ合いが続けられていたのである。

「官兵衛」

秀吉が名を呼ぶ。

もはや主の声には、信長の死を悲しむようなじめついた響きはなかった。

体の芯が熱くなる。

本当にこの男で大丈夫なのかと疑った己が恥ずかしい。

これが。

これこそが羽柴秀吉という男なのだ。

誰よりも情が深く、誰よりも優しく、誰よりも……。

冷酷。

官兵衛などが心配するような器ではないのだ。すでに秀吉の心は、信長の死を割り切っている。時という川の流れのなか、過ぎ去った事実でしかない。

光秀を討つ。

悲しみの先に湧いた怒りという新たな情が、主の心を支配している。

「はは」

深々と頭を下げた。

「どう思う」

短い問いが顔を伏せたままの官兵衛に降ってくる。

笑みが抑えられない。

ゆるりと頭を上げ、主を見た。

胡坐をかく秀吉の体が淡い光を帯びている。幻影だと疑うのだが、目を凝《こ》らしてみても、光は消えない。仄《ほの》かな緑色をした光をまとった主は、真っ直ぐな眼差しで官兵衛を見つめたまま、披瀝《ひれき》されるであろう策を待っている。

この男を信じろ。

みずからに強く訴えかけてから、官兵衛は努めて平坦な口調で語り始める。

「先刻も申しました通り、一日も早く京近郊へと全軍を擁し戻らねばなりませぬ。早ければ早いほど良い。我等以外に信長様の死を知らぬ今、誰よりも早く事を起こすことで、確実に光秀を討つ機を得るのです。そのためにも、秀長殿が申された通り、毛利との和睦を進めねばなりませぬ。これまでの条件ではなく、清水宗治の切腹のみで兵を退くと申すのです。さすれば敵も和睦を承諾いたすはず。毛利との話を取りまとめ、京を目指し、光秀と一戦交える。信長様の仇を討ったという一事にて、秀吉殿は織田家中随一の将となられるでありましょう」

「知ったことではないわい」

官兵衛を見つめたまま秀吉は吐き捨てた。

「織田家での立場など知ったことではない。殿の仇が討てれば儂ぁ、それで良いっ！」

駄々っ子のように言った秀吉が立ち上がる。

「毛利に遣いを出したっちゅうことは、金柑は儂を敵と見なしたっちゅうことじゃ」

密書にて毛利と密かに手を結ぶということは、秀吉に対しての牽制《けんせい》であることは間違いない。主に言わせれば、それはもはや敵対ということなのだ。たとえそれが、各地に散っている織田家の重臣すべてに対して行われた牽制であったとしても、秀吉は光秀が己を敵と見なしたという一事のみにしか興味がない。

そして。

こういう腹の括《くく》り方をした時の主は、誰よりも強い。

「良いか小一郎、官兵衛」

鼻の穴を大きく広げ、秀吉が前をむく。閉じられた戸を睨んでいるが、恐らくその板面には光秀の顔が浮かんでいるのだろう。

主はもう光秀しか見ていない。

毛利も織田も重臣たちも関係ない。もしかしたらあれほど慕っていた信長ですら、秀吉の頭のなかからは綺麗さっぱり消え果ててしまっているのかもしれない。

「毛利との和睦が済み次第、早駆けに駆けるぞ。儂はのぉ、今なお光秀が今生《こんじょう》に留まっておるのが耐えられぬ。一日も早う都に戻って、奴の素っ首を捻《ね》じ切ってくれるわ」

立ち上がったまま、主が官兵衛を見下ろす。

「すぐに恵瓊《えけい》を呼べ。なんとしても和睦を呑《の》ませるのじゃ。明日中には高松を出る。佐吉を道中に先行させせろ」

「今からでござりまするか」

「すぐにじゃ」

弟の問いに即座に答えて、秀吉が大股で広間を歩む。

「道中、兵どもの食い物や水の手配、休息場の支度、やらねばならんことが山ほどある。佐吉以外にやれる者はおるまいっ！」

秀吉が言いながら戸に手をやる。その後を追うようにして、秀長が腰を浮かせた。

主が振り向く。

「明日、和睦が成ることを前提に全軍に命を下す。任せたぞ」

官兵衛を見下ろす秀吉の瞳に、哀切の情は微塵もなかった。

体の芯から震えが沸き起こる。

これでこそ……。

我が主。

「承知仕りました」

恭《うやうや》しく頭を垂れ、官兵衛は二人の気配が消えるまで床の節目を見つめたまま笑っていた。

「なんと、それはまた……」

手にした布きれで禿頭《とくとう》に浮かぶ汗を拭きながら、坊主が硬い笑みを浮かべる。

安国寺恵瓊《あんこくじ》。

安芸《あき》安国寺の住職である。仏法の師、竺雲恵心《じくうんえしん》の縁《えにし》から毛利家に仕え、他国との折衝を任されている。

四十がらみの皺《しわ》がちな面が、灯火に照らされ輝いていた。眉《まゆ》以外に毛のない頭を、油汗でびっしょりと濡らしながら、恵瓊は上座の官兵衛と相対している。

官兵衛の隣には蜂須賀《はちすか》正勝《まさかつ》が座していた。正勝は秀吉がまだ藤吉郎《とうきちろう》と名乗り、何者でもなかったころからの盟友である。尾張《おわり》蜂須賀の国衆で、秀吉の最初の武功ともいえる墨俣《すのまた》築城の折にも従っていた。

羽柴家のなかでは新参である官兵衛だけでは信用という意味において不十分であるため、古参の正勝が後ろ盾となっている。

「このような刻限に語らずとも、明日で間に合いましょうに……」

苦笑いのまま恵瓊が正勝を見た。

強《こわ》い髭を口のまわりにびっしりと生やした正勝は、口を真一文字に引き結んだまま微動だにしない。もともと正勝は武張ったことを好む性質であり、交渉などという七面倒な話は苦手であった。口を使うのは官兵衛の仕事である。二人の間で役回りはかねてより決めているから、正勝がだんまりを決めこんでいようと、別段動揺はしない。

幾度も羽柴家と交渉を行っている恵瓊も、そのあたりのことは承知の上である。仏像と化した武人が今宵《こよい》も平常通りであることをたしかめると、硬い笑みを官兵衛に向けた。

「黒田殿」

「今宵のうちにどうしてもお話しておかなければならぬと思うた故、こうして我が陣まで来ていただいた次第」

「それは……」

「和睦の儀、今宵のうちに小早川、吉川御両人に承服していただきたい」

「なんともはや……」

恵瓊が息を吞む。

官兵衛は気持ちを表に出さず、抑揚のない声で続ける。

「かねてより割譲を求めておった五ヵ国については、不問といたしまする」

「不問とは」

「とりあえずは、今の形のままでということに」

こちらが戦で勝ち取った分を返すつもりはないが、それ以上の領地は求めないということである。

官兵衛の一存であった。

明日、秀吉はどんなことがあってもこの地より去る。毛利からの追撃を避けるためにも、和睦は果たさなければならない。この役目は官兵衛に一任されているのだ。毛利側が不審を抱かず、こちらが最大限に譲歩したという形を示すことがなによりも肝要なのである。

「しかし」

口を開こうとした恵瓊を制するように、官兵衛は尖《とが》った声を禿頭の両脇に生えた小ぶりな耳に突き立てる。

「高松城の城主、清水宗治には死んでもらう」

これだけは譲れない。

いや、本心を言わせてもらえば、和睦さえ果たせるのなら、宗治の生き死になどどうでも良い。しかし、宗治の命まで助けると言い出せば、さすがに敵も首を傾《かし》げる。織田家に変事があったに違いないと勘繰り、詳細を見極めるまで交渉を引き延ばしかねない。

「清水殿は毛利家に与していただいた大事な国衆にござりまする。我等の和睦のために、腹を斬ってくれと頼めようはずもない」

「そこを頼んでもらいたい」

「しかし」

「腹を割って話そうではないか恵瓊殿」

時がない。

一刻も早くこの坊主を毛利家に戻し、和睦を承服させなければならぬのだ。明日のうちに両家の間で和睦の証文を取り交わし、清水宗治に腹を斬らせ、撤退をはじめる。それを可能にするためには、こんなところでなりふり構ってなどいられなかった。

立ち上がる。

静かに恵瓊へと歩み寄り、膝を折って面前に己の顔をすえた。

さすがに西国の雄、毛利家の外交僧である。息ひとつ乱さずに、官兵衛の陰鬱な視線を正面から受け止めた。

「ここだけの話にしてもらいたい」

「事と次第によりまする」

「承服していただかなければ、ここで死んでもらうことになるが」

「拙僧が黒田殿の陣所に参っておることは、毛利家の方々も存じておりまする」

恵瓊が戻ってこなければ、交渉は決裂。毛利家は秀吉と徹底的に争う覚悟を決めることだろう。

思うままにならぬ足を投げ出すようにして、胡坐をかいた。足を折って座る恵瓊は、官兵衛を見下ろすような形となる。

「悪いようにはいたさぬ」

口許を緩めながら恵瓊に語る。いつの間にか、坊主の顔から笑みが消えていた。

「それは毛利家にとって……」

「恵瓊殿にとってじゃ」

「毛利家を……」

「裏切れとは申さぬ。が、これより先も羽柴家との縁を結んでいただきたいと我が殿は申されておる」

我が殿……。

秀吉のことをそう呼ぶと、心の奥に火が灯《とも》る。我が主はこんなところで終わらない。

天下。

目指すに足る男だ。

「昨日早暁、織田信長公、本能寺にて惟任日向守の謀反によって討死」

事実だけを淡々と伝えた。

「それは真か」

額から流れる汗を拭うことも忘れてつぶやく坊主に、官兵衛はうなずきで答える。

「我が殿は明日中にこの地を離れ、惟任日向守を討つつもりじゃ」

「仇討ちにござるか」

「羽柴家の命運を握っておるのは恵瓊殿にござる」

二人のやり取りを正勝は黙って見守っていた。信長のことはすでに耳に入れている。だが、この場で恵瓊にその事実を打ち明けることまでは伝えていない。武人の気配から動揺の色は伝わってこない。すべてを官兵衛に任せているのだ。腹を括っている。この程度のことで正勝という男は取り乱したりはしない。

「ここまで伝えたのは、毛利方に信長殿の死を知られずに和睦を果たしたいと思うてのこと」

「拙僧に毛利を謀《たばか》れと」

「謀るわけではない。知らぬふりをしてもらうだけで良い。和睦が成り、惟任日向を討ち果たし、我が殿が織田家中で確固たる地位を得た暁《あかつき》には、かならずや恵瓊殿の奉公に報いましょうぞ」

「いや」

恵瓊が首を横に振った。智の光をたたえた瞳が、官兵衛をとらえる。

「あの御方は織田家の重臣などでとどまる器ではござらぬ」

「それでは」

禿頭が上下する。

「拙僧がかならずや小早川殿と吉川殿の首を縦に動かして進ぜましょう」

恵瓊は約定《やくじょう》通り、毛利家に和睦を承服させた。秀吉が信長の死を知った翌日、清水宗治は湖上で腹を斬り、織田毛利両家の和睦は成る。

その日の夕刻、秀吉は宣言通り畿内へむけて走り出す。水攻めのために築いた堰《せき》を切り、毛利の追撃を阻む手立てを整えてからの撤退であった。

羽柴勢が撤兵をはじめた後、毛利方は信長の死を知る。追撃せんと荒ぶる吉川元春であったが時すでに遅し、今から追っても無駄なことといさめたのは、後に秀吉に重用されることになる小早川隆景であった。

弐　長岡兵部大輔藤孝

薄く開いた唇から漏れた吐息が、六月の海風に溶けた。長岡兵部大輔《ながおかひょうぶたいふ》藤孝は、己が両の掌を顎を包み込むようにして掲げると、ゆっくりと息を注いで身中の熱を送った。手の皮に伝わった熱を肉に擦り込むように、左右の手を揉《も》み合わせる。

縁側に立つ藤孝の目は、塀《へい》のむこうに見える海を捉えていた。寄せては返す波の飛沫が、黒ずんだ水面に幾筋もの白い横糸を垂らしている。

丹後《たんご》宮津《みやづ》城の自邸に、藤孝はひとり立ち尽くしていた。自室の障子《しょうじ》を開いて廊下に出ると、北の海が一望のもとに見渡せる。海に面した城であった。丹後を与えられ、みずから築いた居城である。

藤孝に丹後を与えた男が、昨日死んだ。この世の誰よりも大恩のある男であった。

殺された。

「あぁ……」

殺したのは、藤孝がこの世の誰よりも通じ合っていると思っていた男であった。

「ふう……」

息を注いだ掌を背に回して組んでから、大きく胸を反らす。五十にひととせ足りぬ体が悲鳴をあげる。背中の真ん中のあたりで、ごりごりと骨が鳴るのを聞きながら、腹の底から息を吐く。

眠っていない。正確には、一睡もできなかった。床に横にはなったのだが、目を閉じても頭のなかを言葉が止めどなく渦巻いているから、眠りの際《きわ》にすら立てはしなかった。それでも一刻あまりは、横になっていたのだが、襖のむこうから聞こえた寝ずの番をしているはずの近習のいびきの音をきっかけに、寝るのを諦《あきら》めた。

近習を責めはしない。寝かせたまま、己は床の上に胡坐をかいて、まんじりともせず闇を睨んでいた。時折聞こえてくるいびきが、腹立たしいくらいに羨《うらや》ましかったが、襖のむこうの若者には、藤孝の胸中に抱える事態の重大さなど理解しようもないのだ。もし、若者が、藤孝の胸の裡にある葛藤を我が物とすれば、恐らく正気ではいられないだろう。

障子戸から陽が注ぐ刻限になると、目覚めた近習がうかがいの声を投げて来た。飯はいらぬと答え、去れと命じて、藤孝は一人になると障子戸を開いて縁側に出たのである。

眠気がまとわりついた重い体に、梅雨の湿気をはらんだ海風が沁《し》みた。潮の匂いのするぬるい風が、露《あら》わになった藤孝の老いた皮膚をなでる。

目覚めてどうなる……。

曇天を映した漆黒の海原をにらみつけながら、藤孝は問う。

丹後をくれた者の名は、織田信長といった。長年、まさしく父祖のころより仕え続けてきた家を捨ててまで頭を垂れた相手である。

この男ならば、己を高みまで押し上げてくれるはず。

その見立ては間違いではなかった。

信長は藤孝に丹後一国を与え、一城の主となした。しかしそれも……。

道半ばであった。

天下を統《す》べる。

信長はそれだけの器であったと、藤孝はいまも信じて疑わない。

「たわけめが」

みずからの口から出すのも汚らわしい言葉を吐いて、藤孝は唇を衣の裾《すそ》でぬぐった。言わずにはいられなかった。想いを腹中に留めていると、懊悩《おうのう》に惑い、仰《の》け反《ぞ》り脳天を廊下に打ち付け、卒倒してしまいそうだった。

信長を討ったのは、藤孝のかつての家臣だった。

越前称念寺《えちぜんしょうねんじ》の門前町で牢人をしていた男である。

明智光秀と名乗ったその男は、そのころ美濃尾張二国の領主であった信長の正妻と縁があると言って、藤孝に近付いてきた。当時、藤孝は足利義昭《あしかがよしあき》に仕えていた。

義昭を将軍にする。

それが当時の藤孝の悲願であった。

己が大望を果たすためには、力のある大名を頼らなければならぬ。藤孝は義昭を連れて、越前の朝倉義景《あさくらよしかげ》を頼った。

だが。

義景は腰が重い男だった。越前敦賀《つるが》という良港を持ち、たしかに銭と兵は存分に有していたが、天下に覇を唱えんとする気概はなかった。

他国を欲し、攻め取る。天下を統べんという気概がなくて、なにが武士ぞ。藤孝は気骨無き武士を好まない。領内の平穏を守り、日々つつがなく暮らすことだけで満足しているのならば、武士など辞めてしまえと思う。

義昭よりも先に、藤孝は朝倉を見限った。そして、新たなすがるべき相手を探し始めた。

美濃の斎藤《さいとう》家を追い落とし、濃尾《のうび》二国の広大な平野を手中に収めた信長こそが、義昭を将軍にしてくれる。

そう思い至った頃、奴が目の前に現れた。

明智十兵衛《じゅうべえ》光秀にござります……。

目を伏せ、涼やかにそう名乗った光秀のことは、今でも瞼《まぶた》の裏にはっきりと蘇らせることができる。

笑っていた。

それが常の顔貌《がんぼう》であるとわかるまではしばしの時がかかった。

常から薄ら笑いを浮かべたこの男に、藤孝は当初はさほど期待していなかった。

信長の正室の前夫に仕えていたことがあり、正室との面識もある。それだけの縁で、信長の使者を買って出た光秀を、藤孝は家人《けにん》として召し抱えることにした。信長との縁を取り持つことができなければ、称念寺の門前に捨てれば良い。急場抱えの家人など、しょせんその程度の者である。

しかし光秀は、見事信長に義昭の保護を承服させ、上洛への道を切り開いた。それだけではなく、みずからを信長に売り込み、彼の元で知行を得るまでの身分になりおおせた。

不意に……。

体の芯が震えた。

顎の下に蓄えられた脂身《あぶらみ》が、骨身の震えとともにだらしなく左右に揺れる。四十を過ぎた頃から次第に膨《ふく》れはじめ、今では衣の襟《えり》からはみ出している柔らかい脂身を、指先で優しく撫《な》でる。

そもそもが戦場で槍働きをするような家に生まれたわけではない。三淵《みつぶち》家の次男として生まれ、細川家に養子に入った。いずれにしても足利将軍家の側《そば》に仕える家格である。諸国の大名が今のように力を持たず、足利家が盤石であったならば、藤孝は今頃都の花の御所で将軍に侍りながら諸芸に専心する日々を送っていたに違いない。武士ではあるが、武張ったことはさほど好きではなかった。毛嫌いしているわけではなかった。気性は荒っぽいほうであると、藤孝自身思っている。だが、好き嫌いは気性とは関係ない。剣術は先の将軍、義輝《よしてる》とともに塚原卜伝《つかはらぼくでん》から学んでいる。弓術もひと通りは学び印可《いんか》を受けていた。それでも、みずから槍を手にして戦場を駆けまわるような戦《いくさ》は、これまで一度として味わったことがない。陣所で采配を振るような戦ばかりでは、顎や腹が膨らんでも仕方がないことだった。

なのにあの男は、五十五になる今も、はじめて会った時と同じ体格のままだ。あの頃と変わらぬ薄ら笑いを口許に湛《たた》えた光秀の顔を、脳裏に思い浮かべる。

助けてほしい……。

光秀から書状が届いた。おそらく信長を殺してすぐに認《したた》めたものであろう。聞けば光秀は、信長を本能寺で殺《あや》めた後、織田家の惣領である信忠をも二条城で討ち果たしたらしい。二人を殺したということは、みずからが織田家に代わって天下に覇を唱えようという意志の表れである。単純に信長を殺したのとはわけが違う。

光秀は天下を狙っている。

その事実を、藤孝は一夜明けた今も信じられない。あの男は、主の元でみずからの手腕を存分に発揮する部類の男だと思っていた。己の家臣であった頃だけではない。義昭に気に入られて足利家の足軽格として取りたてられた時も、信長に召し抱えられた後も、光秀は誰の無理難題も涼やかな顔をしてこなしていった。

「某は細川殿の家人にござる」

義昭や信長に召された後も、あの男はかたくなにそう言って藤孝を主と慕ってくれた。そういう律儀な一面をもってしても、光秀はみずから先頭に立つような性質《たち》ではないと確信していたのである。

見込みが違ったのか……。

わからない。

信長の元で藤孝と光秀の立場はいつしか逆転していた。いや、はじめから信長は、藤孝よりも光秀を高く買っていたのかもしれない。

畿内を監督する光秀の与力。それが藤孝に与えられた立場である。藤孝が丹後一国を領するなか、光秀は近江の西岸と丹波にそれぞれ居城を持っていた。与力とそれを統べる者の間には実質的な主従の関係はない。織田家に仕える身としては平等である。ただ家格や立場の上下のうえで優劣が存在し、それを決めるのは惣領の信忠ではなく、父の信長であった。

信長は藤孝よりも光秀を高く買っていた。

それだけのことだ。

藤孝と光秀の間においては、織田家の立場はさほどの意味を成さなかった。だからといって、藤孝が光秀を立場が逆転した後も己が家臣として扱っていたかというとそれも違う。

明智殿。

そう呼んで対等な関係を築こうとしたのは藤孝のほうである。どれほど信長に重用されようと細川家の家人であるという態度を崩さない光秀に、藤孝のほうから対等であろうと持ち掛けた。

信長に仕える。

義昭を都から追う時点で、藤孝も覚悟を決めていた。いまさら足利家のなかで定められていた枠組みを濫用《らんよう》するつもりもなかった。

信長はその者の才にしか興味がない。力があれば、どんな身分の者でも上位の身分に取り立てるし、古参の家臣であっても才がなければ平気で放逐する。そんな家に仕えるのだ。古臭い主従関係などにこだわっていたら、藤孝自身が足を掬《すく》われてしまう。

光秀と同等の立場となるということが、己が織田家の家臣になったことをなによりも端的に知らしめてくれた。光秀のことを明智殿と呼んで笑えた時、藤孝は足利家を捨て、心の底から織田家の臣になれた気がした。

光秀は藤孝にとって、信長に比するほどの恩人でもあった。光秀がいなければ、今の藤孝はいない。そう断言できる。

だからこそ……。

何故打ち明けてくれなかったのか。

信長を討つなら討つで良い。ならば何故、事を起こす前に光秀の口から知らせてくれなかったのか。本能寺へと向かう前に、助けてくれ、力を貸してくれと、何故言ってくれなかったのか。

顎に触れていた手を握りしめる。柔らかい肉に覆われた掌の中で、皮が軋《きし》んでぎしぎしと鳴った。少しだけ伸びた爪が、掌の皮に突き刺さる。仄かな痛みを感じながら、藤孝は拳を握りしめ続けた。

湿った風が波を舐め、塀を越えて藤孝の身を撫でる。止むことなく押し寄せる海の水は、砂浜に吸われ、逃げるように海原へと戻ってゆく。どれだけ強く向かってこようと、城内へと攻め寄せることはない。縁側に立つ藤孝は、己が身に危険が迫らぬことを知りながら、荒れ狂う波を眺めている。

「父上」

いきなり聞こえた背後の声に、藤孝はわずかに肩を揺すらせた。しかし、声の主が誰であるかを悟ると、振り返りもせず鈍《にび》色の海を眺め続ける。

二十歳になる息子が、静々《しずしず》と歩み寄ってくる気配を背に感じながら、黙したまま腕を組む。

「義父《ちち》上の動き、我等の方でも摑み申した」

子の忠興《ただおき》が、藤孝以外に〝父〟と呼ぶのは一人しかいない。忠興の妻は、光秀の娘である。つまりあの男は、藤孝にとって昔の家臣であり同朋であるうえに、息子の義理の父でもあった。

長岡家と惟任家は、同朋よりも深い縁で結ばれているのだ。

息子を肩越しに見る。父より一歩退き、縁側に立つ忠興の目の下に黒々とした隈が張り付いていた。

「ふふ」

幽鬼のごとき息子の顔を見て、藤孝は思わず笑ってしまった。己の笑い声が照れ臭くて、誤魔化しの言葉が口から零れ出る。

「寝ておらぬようだな」

「父上も」

「ん」

「御寠《やつ》れになられておられる」

「御主もな」

「まさか……」

つぶやいた息子が首を横に振り、隣に並んだ。妻の血のせいか、食い物のせいなのか、息子は藤孝よりも頭ひとつ大きかった。並んで海を見る忠興の横顔を見上げながら、藤孝は言葉を継いだ。

「目の下が真っ黒だ」

「父上は顔が青うござる」

海を見つめたまま忠興が笑った。義父の突然の翻意を知り、若き胸は千々に乱れたであろうに、父に弱さを見せまいと胸を張る姿が頼もしい。

「惟任殿はどうしておる」

知りたくもないことではあるが、聞かぬわけにもいかぬ。藤孝は意を決して息子に問うた。

「物見の報せによりますれば、信長様と信忠様を討ち果たした義父上は、兵とともに都を離れ、安土を目指した模様」

己であってもそうする。と、藤孝は黙したまま心につぶやいた。

織田家に取って代わって天下を治めるのは惟任光秀であると、各国に知らしめるためには、まずは信長の居城である安土城を手中に収めるべきだ。安土を本拠として近隣の大名たちを手懐ける。もともと畿内の武士たちは、光秀の与力を命じられていたのだから、他の地域の者たちを懐柔するよりも容易に幕下に置くことができるだろう。目端の利く光秀である。都の混乱を制した後に、安土に向かうのは当然ともいえた。

しかし。

息子は安土に向かったと言って言葉を切った。

安土城に入ったとは言っていない。

相槌《あいづち》も打たず、藤孝は白波に目をやりながら続きを待つ。

「安土へと向かっていた義父上の前に、瀬田《せた》城主、山岡景隆《やまおかかげたか》殿が立ちはだかった模様」

「山岡殿が」

思わず言った藤孝に、息子がうなずきを返す。

瀬田城主、山岡景隆は織田家に与する近江の国衆である。いかに山岡に地の利があろうとも、光秀の敵ではない。

「さすがに山岡殿は正面から義父上に攻めかかるようなことはなさらなかった」

「落としたか」

藤孝の言葉に息子が口角を吊り上げる。

景隆の領する瀬田には川が流れていた。瀬田川と呼ばれるその川には橋が架かっており、京から安土に向かうためには、その橋を渡らなければならない。

「橋を落とした山岡殿は、一族とともに逃走。後に残された義父上の軍勢は瀬田川を前に足止めを喰らうたとのこと」

「惟任殿らしくもない」

柔らかい肉におおわれた顎に拳を当てて、左右に擦《こす》る。生来髭が薄いから、伸ばしてはいない。つるりとした顎の先端を、拳が幾度も行き来する。

橋を落とされて足止めを喰らうなど、あまりにも行き当たりばったりではないか。事を起こす時にはかならず緻密な策を練る光秀とは思えない。安土城での左義長《さぎちょう》、都での天覧馬揃《うまぞろ》えなど、信長は戦や政だけではなく、光秀の催事の差配に全幅の信頼を置いていた。催事の差配、しかも信長肝《きも》入《い》りの物ともなると、常人離れした気配りがあってこそ務めうる役目である。それほど目端の利く光秀が、橋を落とされた川縁で兵とともに呆然と水の流れを見つめているなど考えられなかった。

「奴は何故……」

「気の迷い……。なのやも」

「ふん」

息子の返答を鼻で笑う。

気の迷いなど、光秀と一番かけ離れたところにある言葉ではないか。

藤孝は、惟任光秀という男を他の誰よりも知っていると自負している。家臣として召し抱えた十七年前からの付き合いだ。光秀との縁は、織田家のなかで最も古い。常から張り付く笑みのせいで、余人から計り知れぬ者と思われている光秀の心も、藤孝は我が事のように見透かしている。

だからこそ。

光秀は衝動などでは動かないと信じて疑わない。今度の謀反も、かねてより心中に育んでいた物を実行に移しただけのこと。

その証拠に、これほどの好機は見当たらなかった。

信長は三十人あまりの小姓衆だけを連れて都に入り、己は中国攻めの後詰のために公然と自国の兵を集めることができた。信長だけではなく、織田家の惣領である信忠も、都に逗留している。

二人を仕留めることができれば、織田家は完全に頭を失ってしまう。しかも、重臣たちは強敵と相対するために方々に散っていて、即座に戻って来ることができない。

これほど全てが光秀に味方をしている機は、もう二度と巡ってくることはないだろう。

「そうか」

思わず口から漏れた。不審気に父をうかがう忠興の視線を尻目に、藤孝は己が脳裏の言葉の海に身を沈める。

あってはならぬほどの好機の到来……。

もしこの一時のために、光秀が全精力を注いだのだとしたら、もしかしたらそれは衝動だったのかもしれない。あらゆる思惑や柵《しがらみ》、己の立場に惟任の家。いっさいの物事を打ち払い、信長を討つという一事のためだけに、光秀はすべてを注ぎ込んだのではないのか。

そう考えれば、息子が語った気の迷いという言葉もあながち見当外れとは言えない。

光秀が……。

「在り得ぬ」

思惟《しい》の果てに導き出した答えに、藤孝は逆らうようにつぶやいた。

「父上」

「ん」

「橋の修復を家臣に任せた義父上は、坂本城に戻ったそうにございます」

「都ではなく」

「はい」

帝や公家の懐柔に日を費やすことを拒んだのだろうか。それとも、本拠である坂本の地で、これより先の方策を一人になって考えようとしているのか。

「おそらくでござりまするが……」

恐る恐るといった様子で息子が声を吐く。

無言でうながす。

「義父上は諸国の大名に書を認《したた》めておるのではありますまいか」

「書か」

溜息とともに袖のなかに腕を突き刺し、衣のなかで肘をなでる。陽は黒い雲にさえぎられ、明るくなってもなお、海風は生温かった。

息子が必死に巡らせた想いを言葉に代える。

「滝川《たきがわ》殿が相対されておられる東国の諸大名、柴田《しばた》殿が戦っておられる上杉《うえすぎ》、中国の毛利に、四国の長曾我部《ちょうそかべ》。織田家の敵を味方にせんとなされておられるのではありますまいか」

一理あると藤孝は思う。

諸国に散らばる重臣たちの足止め。惟任家が織田家に取って代わる後ろ盾のため。織田家と敵対していた大名たちを味方につけることは、光秀にとってこれより先の命運を左右するほどの重大事であるといえよう。なかでも四国の長曽我部は、光秀が長年織田家との取次役をしてきたこともあって縁は深い。光秀が信長を討ったと知れば、味方になる目算が高い。

「光秀は重臣連中を敵と見ておるというのか、御主は」

父の問いに忠興が力強くうなずいた。息子なりに、夜通し考え続けたのだろう。それなりの答えを身中に宿しているのだ。

「信長様を討った義父上を、重臣の方々が御許しになるとは思えませぬ」

柴田勝家《かついえ》に惟住長秀《これずみながひで》、滝川一益《かずます》……。

そして。

羽柴秀吉。

一人として、光秀の後塵《こうじん》を拝すことを喜ぶ者はいない。

そもそもの来歴が違う。

どれだけ励もうとも、彼等にとって光秀は外様《とざま》の者であるという思いがぬぐえない。

藤孝も同様である。

もともと足利将軍家に仕えていた藤孝と光秀は、義昭の追放とともに織田家の臣となった。それより以前から、二人とも信長の命を受けて働いてはいたのだが、足利家と織田家に両属するような形であった。光秀などは、ここに藤孝まで絡《から》んでくる。どれだけ藤孝が止《よ》せと言っても、光秀は後々まで己は細川家の家人であると広言していた。信長にその才を高く買われ、近江に城を得てもなお、一時まで光秀は、細川の臣であることを譲らなかった。

そんな光秀を、織田家の臣たちが快く思うわけがない。

信長に仕え、どれだけ身を粉にして働いても城ひとつ任せられない者ばかりなのだ。なのに光秀は、直属の臣でもないくせに、信長の寵愛を受け、城や領地を与えられている。己が臣ではないと胸を張る光秀を、主である信長も笑って許しているのだ。そんな関係を見せつけられれば、光秀のことを誰だって憎らしく思う。義昭が都から追われ、織田家の臣となってもなお、その時の嫉妬は織田の家臣たちの血に刻まれている。

光秀の後塵を拝するくらいならば、死んだ方がまし……。

織田家の侍たちのなかには、光秀に対する嫉妬と怨嗟《えんさ》が満ち満ちている。だからこそ、息子の見立ては適当であると思えた。

「故に義父上は、父上に助けを求められたのではありませぬか」

息子の言葉が胸を抉《えぐ》る。

そうなのだ。

織田家に味方がいない光秀だからこそ、藤孝こそを第一の味方と信じている。旧主であり、同朋であり、親族である藤孝を、光秀は誰よりも頼りに思っているのだ。

わかっている。

わかっているからこそ。

何故、事を起こす前に打ち明けてくれなかったのか。

信長を討つと……。

これ以上の好機は無いと、何故己を誘ってくれなかったのか。

「父上に尋ねたきことがござります」

「なんじゃ」

思惟を破った息子の言葉に答えてから、藤孝は縁側に腰を下ろした。海風にさらされた板に触れた尻から背中を伝い、生温さが体を駆け抜ける。自室に戻れば良いのだが、どうしてもそんな気になれなかった。光秀のことを語るならば波音とともに。何故だか、そんな心地であった。

己が隣を顎で示す。ひと回りも大きな息子の体が、しずかに廊下に沈む。ゆったりと胡坐をかきながら、忠興が波音に乗せて問いを投げる。

「もしも義父上が、信長様を討つ前に父上に打ち明けておられたなら、御味方なされましたか」

父の心を読んだのではないかと疑うような問いを、息子は淡々と口にした。

共に信長を討ってくれ……。

そう言って光秀が己の前で頭を下げたなら、藤孝はどう答えただろうか。

信長を討ったところで、なにが変わるというのか。織田家に取って代わる未来が、藤孝には夢想できない。

己が天下人になる……。

武士であるならば、天を見上げて歩むべきだとは思う。そう思うからこそ、代々仕えてきた足利家を裏切って信長に頭を垂れたのだ。

藤孝にも大志はある。

だが、果たして己は天下人になりたいと思っているのか。

わからない。

いや。

なりたいと思っていない。信長を羨んだことがない。信長を超えたいと思ったこともない。所詮、藤孝はその程度の男なのだ。誰かの後塵を拝することしかできない。信長のような男が切り開いた道を、後ろから付いてゆく。陣頭に立ち、道なき道を切り開くような真似は、できそうにない。

光秀はどうなのか。

天下を欲し、信長を殺したのだろうか。

「父上」

答えを急かす息子に目をやる。

「わからん」

素直に答えた。

「義父上は天下を望んでおられるのでしょうか」

またも心根を見透かしたような問いを投げて来る。そんな息子の聡さに腹が立つ。

「知らん」

ついぞんざいな口調になってしまう。父の機嫌を機敏に悟った忠興は、鼻から深く息を吐きつつ海を見た。

「某は、義父上に加勢しとうござります」

息子が聞かれもせずにみずからの想いを口にするなど、藤孝には覚えがなかった。

忠興は父を見ずに、言葉を連ねる。

「このままでは義父上は諸国より取って返した重臣たちに攻め込まれ……」

敗れるという言葉を忠興は呑んだ。

息子の読みは正しい。

藤孝も同じように考えている。柴田、滝川、惟住、羽柴。彼等のうちのいずれかが、畿内へと戻ってきて光秀と敵対するのは間違いない。戦が長引けば長引くほど、重臣たちは畿内に集《つど》ってくる。織田家の臣が手を取り合えば、光秀に勝ち目はない。

「我等が加勢したところで、大勢が変わるわけでもあるまい」

ぼそりとつぶやいた藤孝に、忠興が熱い視線をむける。息子の頬が紅く染まっていた。ぎょろりと大きい目も、頬に負けずに紅くなっている。

光秀は忠興の妻の父だ。藤孝にとっては昔の家臣という一面もあるが、息子にとっては惟任家は長岡家と深き縁に結ばれた近親同然の間柄なのである。光秀に対する情の濃さは、藤孝などより幾倍も濃いのだ。

「父上は惟任家を見捨てる御積もりか」

罪を問うような厳しい口調で、忠興が詰め寄る。

光秀を見捨てる……。

もともと頼られてもいないではないかという言葉を、喉の奥で押し留める。たしかに信長を討つ時には声をかけられなかったが、今は加勢を求められている。断われば見捨てることになるのかもしれない。

だが。

釈然としない。

謀反の前に打ち明けてくれなかったなどという子供じみた言い分でひねくれているわけではないのだ。忠興のように家族同然に思っているわけでもない。

藤孝は藤孝。

光秀は光秀。

なのである。

救うとか見捨てるという話ではないだろうと藤孝は思うのだ。

同じ織田家の被官ではないか。諸国で戦う勝家や秀吉などと、なんら変わらない。縁続きだからという理由だけで、同じ道を選ばなければならないというのなら、武田《たけだ》家はあのような末路を歩むことはなかったはずだ。勝頼《かつより》を裏切り、武田家を滅亡に追いこんだのは穴山信君《あなやまのぶきみ》のような縁者だったではないか。利のある方へと動く。

それが武士の当然の振る舞いであると、藤孝は信じて疑わない。

「父上っ」

縁側を叩いて忠興が詰め寄る。藤孝よりもいつの間にか大きくなった息子の四角い顔が間近に迫る。息が詰まりそうになるから、目を逸らして胡坐のまま廊下を滑って大きく間合いを取った。

「父上は光秀殿とは古き仲にござりましょう。足利義昭様の元を去り、信長様に仕える時も、御二人で語らい合って御決めになられたと申されておられたではありませぬか」

「では聞くが」

暑苦しい息子に好き勝手に言わせていると、せっかくの曇天の海が無粋《ぶすい》な声に汚されてしまうと思い、藤孝は冷然と言葉を挟んだ。冴《さ》え冴《ざ》えとした父の視線に射竦《いすく》められ、忠興は顔を突き出したまま唾を呑む。

「我等が光秀に加勢をすれば、織田家の重臣たちに勝てるのか」

「我等だけではっ……」

「もそっと小さな声で語れ。聞こえておる」

「は」

父の窘《たしな》めに小さな咳払いをして、忠興が顔を伏せ、縁側を見つめながら幾何か落とした声で言葉を続けた。

「我等だけではさすがに柴田殿や羽柴殿を退けることはできますまい。ですが」

息子は息子なりに考えているのだ。しかしそれは長岡家の命運なのか。それとも義父の身の上なのか。見極めるためには、もう少し黙って聞いてやらねばなるまい。

藤孝は口を真一文字に結んで、息子の思いに耳を傾ける。

「義父上には信長様に与えられた与力の方々がおられまする。筒井殿、高山《たかやま》殿、中川《なかがわ》殿等の力もあれば、なんとかなりましょう」

「愚策じゃな」

「父上」

「まぁ聞け」

いきり立つ息子を突き出した掌で制してから、藤孝は波の音に心を寄せた。どれだけ親子が激論を交わそうとも、鈍色の海原はなにも変わらず寄せては引いてゆく。荒ぶる息子に乗せられぬように、目を閉じ静かに波音を聞く。

「ち……」

「し」

人差指を口の前に突き立てて、息子を黙らせる。

どんな時でも風流を忘れてはならない。風の音、花の香り、月の輝き、舞う雪の儚《はかな》さ。生きんとするすべての物を愛でる心があれば、人はどれほど窮していようと己を失わずに済む。

藤孝は風流を忘れ、我を見失うくらいなら死を選ぶ。

波が岩を打ち霧消する。

「惟住殿の元には三七《さんしち》様がおわす」

惟住長秀は、四国征伐の支度のために大坂に留まっている。四国攻めの総大将を信長に任せられていたのは、三男の信孝《のぶたか》であった。信孝は幼名を三七郎《さんしちろう》という。

「信忠様がおらぬ今、織田家の惣領は、残された信長様の御子のいずれかになるは必定」

死んだ信忠の下に、信雄《のぶかつ》という次男がいる。

「畿内におわす三七様の元に重臣たちが結集すれば、与力を集めたとしても、光秀に勝ち目はあるまい」

「集まる前に叩くのです。まずは、三七様と惟住を」

横目で息子を見る。

今にも降り出そうとしている暗雲の下で、忠興は陽に焼かれたかのごとくに真っ赤な顔をしていた。気性の荒さは誰に似たのか。藤孝の妻は若狭《わかさ》の侍の娘だが、別段気の荒い女ではない。藤孝も、息子ほどの猛々しさを持ち合わせた覚えはない。戦になれば、存分に戦うだけの気概は持っているつもりだが、日頃から鼻息を荒らげて人に詰め寄るような真似はこれまで一度もしたことがなかった。

「殺すか三七様を」

問うた父に息子が黙ったままうなずく。

「三七様と惟住を討ち果たせば、こちらになびく者も出てきましょう。それらを糾合し、畿内に戻ってきた者を一人ずつ討ってゆく。勝ちを重ねるごとに我等は大きゅうなり、敵は細ってゆく。都はこちらの手の内にあるのです。帝より義父上に将軍宣下《せんげ》の詔《みことのり》を出していただければ、我等は天下を手中に収めたも同然」

「できると思うておるのか」

「できるできないではありませぬ。やるかやらぬかでござります」

忠興の目に涙が溜まっている。己の言葉に焚きつけられて、感極まっているのだ。

「義父上は覚悟を決められたのです。信長と信忠を討ったということは、天下をその手につかむということ」

果たして。

本当に光秀はそこまで考えているのだろうか。

喉《のど》の奥の小骨のように、心中に刺さった疑問の棘《とげ》が取れない。

「我等は惟任家とともに天下に覇を唱えるのです」

「覇を唱えるのは光秀であろう」

「我等と惟任家は一蓮托生」

「天下はただ一人のためにあるものぞ」

足利家に生まれなければ将軍になれはしなかった。どれだけ藤孝がかいがいしく義昭に仕えようとも、その跡を継ぐことは絶対になかったのだ。

万一、光秀が将軍になったとしても、藤孝も忠興もその跡を継ぐことはない。

足利家が惟任家に代わっただけ……。

将軍を補佐する家に逆戻りではないか。

「先刻から聞いておりまするが」

息子の声が震えている。

怒りだ。

煮え切らない父の言動に、忠興は腹を立てている。

いきり立って殴《なぐ》ればすべてが解決するわけでもなかろうにと思う。鼻息を荒らげれば恐れて言を曲げる相手など高が知れている。その程度の者にしか威《おど》しなど通用しないのだ。だから、議論の場であからさまに腹を立てる者が、藤孝は大嫌いだった。そんなことを思うと、真っ先に柴田勝家の赤ら顔が脳裏に浮かぶ。

「父上は光秀殿を」

「勝てると思うか」

「は」

「柴田修理《しゅり》に光秀が、我等が、勝てると思うか」

脳裏に浮かんだ鬼瓦《おにがわら》のごとき顔を、そのまま言葉にして息子にぶつけた。大した考えがあったわけではない。衝動にも似た言葉であった。だが、その他愛もない言葉が、息子の怒りの炎に油を注いだらしい。鋭く尖った鼻に開いたふたつの穴を大きく膨らませた忠興の額に、青黒い筋がくっきりと浮かんだ。

「やってみなければわかりますまいっ！」

縁側を激しく叩いて忠興が詰め寄る。逃げても執拗《しつよう》に追ってくるだろうと思い、息子が総身から発する熱に耐えるため思い切り尻で踏ん張った。

「父上は先刻からの某の言葉を聞いておられなかったのですかっ！」

「惟任の与力を糾合し、大坂の三七様と惟住殿を襲い、これを討ち果たし、それに恐れてなびいて来た者たちを糾合。畿内に現れた重臣たちをひとつずつ潰してゆき、ゆくゆくは光秀に将軍になってもらう」

「聞いておられたのならば、柴田修理に勝てるかなどという愚問は……」

「愚問ではあるまい」

相手がどれだけ大声でがなり立てていようとも、澄んだ言葉を息の間に滑り込ませれば、たやすく割って入れるものだ。いきり立つ息子の言を平然と断ち切って、藤孝は静かな口調で諭してやる。

「織田家がこれほどまでになったのは、兵の強さにある。下賤な者であっても功さえあれば、一国一城の主になれる。織田家ならばそれが叶う。これだけの餌《えさ》をぶら下げられた兵が弱いわけがあるまい」

「そのようなことは父上に言われず……」

「そのなかでもじゃ」

またも割って入ってやる。朱色に染まった顔をひくひくさせながら、息子が言葉を呑む。

「柴田殿の兵は抽《ぬき》んでておる。それ故、武神と恐れられた謙信《けんしん》公より連綿と受け継がれた精強さを保つ上杉家と相対する任を仰せつかったのではないか」

「そのような……」

「まぁ聞け」

同じことを息子が言おうとしたから、前より早く断ち切って藤孝は続ける。

「柴田殿だけではない。羽柴殿の戦ぶりも侮《あなど》ってはならぬ。備中高松の城を攻めておるそうだが、堰を築いて城を湖のなかに孤立せしめたそうじゃぞ。そのような策、生《なま》半《なか》な者には決して思いつかぬ」

「その者等が戻ってくるには、まだまだ時がありましょう。その前に三七と惟住を討ち、畿内を完全に掌握すれば、柴田の猛威や羽柴の策に敗《ま》けぬだけの勢力を築けましょう」

気が逸る忠興は、すでに織田家の者たちを敵のように呼び捨てにしている。

「我等が手を取り合えば、かならず勝てまする」

「かならずなど、この世にはない」

あの光秀が信長を討った。

藤孝にとってこの一件は、思ってもみない変事であった。信じられぬことがこの世には往々にして起こる。

「みずからの狭い了見ですべてを見透かしておると思うでない」

「か、かならずと申さずとも、我等が力を合わせれば、惟住ごときに敗けるはずはありませぬ」

「その後は」

「ですから……」

「御主の申すことなど、すでに光秀は考えておる」

故に藤孝に助けを求めているのだ。

「おそらく儂以外の与力衆も、光秀の謀反を知らなんだはずじゃ」

藤孝が打ち明けられていないことを、他の者が知るはずがない。光秀は己の手勢のみを率いて信長を討ったのだ。

光秀という男は、考えついた策を軽々しく口にする男ではない。京にむかう寸前まで、誰にも知らせなかったということも十分に考えられる。

「今頃は、畿内の与力衆に儂に出したような書を認《したた》めておるはずじゃ」

息子が言ったとおり、安土への道を閉ざされて坂本に戻ったということは、そういうことなのだろう。

「光秀は己が手勢のみでは謀反を完遂できぬことをわかっておる」

「だからこそ、我等が真っ先に義父上の元に馳せ参じねばならぬのです。長岡家が惟任に付いたとなれば、様子見を決め込もうとしておる者たちも重い腰を上げましょう」

「皆が重い腰を上げねば、光秀に与することはできぬのだな」

「そ、そのように揚足《あげあし》を取られましては……」

「揚足ではない。御主も心の底ではわかっておるのだ。与力どもが光秀に与するかどうかわからぬとな」

藤孝自身、迷っている。

こうして息子と会話を交わしながらも、光秀とともに戦うか心底から迷っているのだ。猛《たけ》る息子を制しなければという父としての務めとして、光秀への加勢を拒んでいるような言葉を発してはいるが、本心では見捨てたくないと思っている。

己が見出した男だ。

死なせたくはない。

もしも、藤孝が身ひとつの侍だったなら、槍一本だけ担いで光秀の元に馬を走らせたであろう。

しかし藤孝は一人ではない。

目の前の息子に継がせるべき家がある。守るべき城があるのだ。

男としての本心と、武士の理は違う。

閉じた口のなかで歯が鈍い音を立てる。頭骨に響くそれを聞いて、藤孝は己が歯を食い縛っていることを知った。

「父上……。すでに信長はこの世におらぬのです。織田の下に定まろうとしていた天下は、ふたたび一寸先すら見通せぬ闇となり申した。我等にも天下に覇を唱える機が訪れたのですぞ」

「光秀を将軍となすと申したばかりではないか」

「いま義父上に味方すれば、義父上を将軍となしたのは、我等ということになりましょう。さすれば長岡家は惟任家に継ぐ家となる。足利の頃の細川、畠山《はたけやま》、斯波《しば》同然の家柄にござる」

足利将軍家の政の最高の職責であった管領《かんれい》職に就くことができるのは、この三家のみであった。忠興はそのことを言っている。

「そのためには多くの敵を倒さねばならん」

「信長は死んだのです。いずれに付こうとも、戦乱の嵐に晒されるは必定。ならば、縁の深き惟任家とともに戦うことこそ、長岡家の取るべき道ではありませぬか」

「お玉《たま》のためか」

忠興の妻であり、光秀の娘の名である。妻の名を呼ばれた息子の顔が、それまでよりも紅くなった。目を大きく見開いて、鼻息を荒らげる。いい加減うんざりした藤孝は、掌で息子の分厚い胸を押した。真っ赤に染まった忠興の顔を睨む目に覇気をみなぎらせる。間合いを離されながらも、息子は口を尖らせて父に抗弁した。

「違いまする。お玉は関係ありませぬ。某は長岡家のため、父上のために、それだけを思い、こうして……。こうして」

瞼を固く閉じ、忠興がうつむく。

心根が真っ直ぐなことは悪くはない。だが、武士としてはいささか心もとないと思う。疑うより先に、情の濃さや想いで突っ走ってしまうのは、武士としては悪くはないが、一国を預かる者としては頼りない。息子にとって光秀は妻の父である。武士としても、尊敬すべき頼もしい父なのだ。そんな父の力になりたいという想いは藤孝にもわかる。だが、そんな安易な想いだけで、身の振り方を決められるほど、藤孝と忠興は身軽ではない。

「忠興」

波の飛沫《しぶき》がことさら大きな音を立てた。

息子はうつむいたまま父の言葉を待っている。優しく諭してやるつもりはなかった。事実のみを淡々と告げる。

「御主の語っておることは、策とも言えぬ。ただの戯言《ざれごと》じゃ」

忠興が顔を上げて涙で濡れた目で藤孝を見つめる。

情をかけてやるつもりはない。

これは親子のための決断ではないのだ。長岡家の命運を決める選択である。

「与力一丸となって光秀を支え、次々と畿内に到来する織田家の重臣を一人ずつ倒してゆく。そんな危うき妄言《もうげん》で、長岡家の行く末は定められぬ」

「そ、それでは父上は惟任家を……」

「儂は長岡家を守らねばならん。惟任と心中するつもりはない」

「父上」

口をだらしなく開けたまま、息子が固まった。

猛々《たけだけ》しい波を岩場に叩きつけ続ける鈍色の海に目を向け、藤孝は続ける。

「御主の申すことが叶えば、たしかに長岡家は今まで以上の隆盛を誇ることになろう。が、そうなるためにはあまりにも厳しき道を掻い潜らねばならん」

「そのためにも、一刻も早う義父上の元に馳せ参じねばなりませぬ」

「与力の誰かが同心せねばどうする」

「我等が惟任についたとなれば、そうはなりません」

「筒井殿が光秀を討つと声高《こわだか》に叫んだらどうする」

大和国郡山《やまとのくにこおりやま》城の城主、筒井順慶《じゆんけい》は光秀の与力であり、長岡家が丹後を任されているのと同様に、大和一国を任された大名であった。惟任家の与力衆のなかでの影響という意味では、長岡家と同じだけの力がある。

「大坂におる三七殿と惟住殿を郡山城に匿《かくま》い、兵を糾合し、謀反人である光秀を許さぬと天下に叫べば、どうなる」

「ですからそうなる前に……」

「筒井殿でなくともよい。高山殿や中川殿が結託し、三七殿とともに籠城すればどうなる」

「一気に潰してしまえば良いだけのこと」

忠興は明らかに意地になっている。己の策を引っ込める機を逃したのだ。義父を助けたいという情が、息子の目を曇らせている。

「城に籠った敵を落とすのは容易ではないぞ。ひと月も耐えれば、諸国に散っておる重臣たちが戻って来る。光秀に敵対する者は、仇討ちをなさんとする者の到来を待てば良い。逆に光秀は一度として敗けが許されぬのだ」

息子に聞かせながら、藤孝はみずからの想いをゆっくりと策に練り上げてゆく。

当初は、決行の前に打ち明けてくれなかった光秀を恨んだ。事を成した後に助けを求めてくる図々しさを嫌った。

だが。

いまさらながら藤孝は確信する。

光秀が決行前に打ち明けたとしても、決して首を縦に振ることはなかっただろう。

「良いか忠興」

まっすぐに息子を見る。

「光秀が行ったのは謀反じゃ。主殺しの大罪ぞ」

「強き者が上に立つ。それが乱世にござろう」

「たしかに御主の申す通りじゃ。が、光秀を信長様を超えるほどの強者《つわもの》であると認める者が、織田家中に果たしてどれほどおると思う」

息子が口籠った。

「信長様を討ったから次は儂じゃなどという簡単な話ではない」

「わかっております」

父の視線から逃れるように息子が廊下に視線を落とす。

言わなければならぬ。

諭さねばならぬ。

これは光秀と藤孝の話ではなかった。長岡家のため、忠興には今ここで知ってもらいたかった。

家を守るということを。

情よりも大事なものがあるということを。

「儂は光秀には付かぬ」

「父上」

顔を上げた息子から逃れるように藤孝は立ち上がり、海に体をむけた。

水面を撫でた風が顔に触れる。躰の芯から震えが沸き起こる。

「儂とともに頭を丸めよ」

「な、何故……」

座ったままの息子が戸惑いの声を上げる。

「信長様の喪に服す。我等は城を動かぬ。その旨を認めた返書を光秀に出す。わかったな」

最後の言葉に覇気を込め、否応はないことを知らしめる。

波音が沈黙をゆるやかに掻き乱す。

しばらく黙っていた息子が、穏やかになった声色で言葉を紡《つむ》ぐ。

「玉は……。あの女は如何《いか》になさるおつもりか」

「お玉はすでに長岡家の者じゃ。帰すことはあるまい」

安堵《あんど》の溜息を背に聞きながら、藤孝はまだ髪のある頭をひと撫でした。

重々しい雲と鈍色の水面の狭間《はざま》で、鳶《とび》が悲し気に啼《な》いた。

参

福島市兵衛正則

撫で斬りじゃ……。

親父《おやじ》が言ったこのひと言を胸に刻み、福島市兵衛正則《ふくしまいちべえまさのり》は走る。

身に着けるのは褌《ふんどし》と胴丸きり。槍を片手に駆ける。とにかくその身だけを一日も早く姫路に運べというのが、親父の命だった。戦に必要な物はすべて船で運ぶ、お前たちはとにかく体だけを運んでこい。

親父が言うのだから間違いない。

信じて走る。

「顎が上がっとるぞ市松《いちまつ》っ！」

己を幼名で呼ぶ胴間声《どうまごえ》を耳にした正則は、声の主を睨んだ。

「へばったんかっ！」

隣を走る髭面が叫びながら笑う。

「うっさいわいっ！　人のこと心配しとる暇があったら先に行かんか虎之助《とらのすけ》っ」

髭面の通称を呼ぶ。加藤清正《かとうきよまさ》という名があるのだが、幼い頃より兄弟のようにして育った正則にとっては、そんな堅苦しい名前などより、虎之助のほうがしっくりくる。

「どうしたっ！　儂を抜いていくこともできんのかっ！」

正則は強がり、笑う。頬を引き攣《つ》らせて笑いながら、清正を見る。髭面も正則に負けず劣らずの強張った笑みを浮かべながら、こちらを見ていた。

もちろん二人とも足は止めない。ぼろぼろになった草鞋《わらじ》で土を撒《ま》き散らしながら、姫路へと続く道をひた走る。

二人の前に人はいない。無数の足音は、背後から聞こえてくるものばかり。二万を超す軍勢の先頭を、正則と清正は駆けている。

隊列は細く長く伸びていた。二人のように駆けている者も多いが、後方には隊列を保って歩む者も大勢いる。

誰よりも早く姫路に着いた者に褒美を取らす。

親父がぶち上げた。

どう言えば兵の心が昂《たか》ぶるのか、親父は勘所《かんどころ》を押さえている。荒くれ者ぞろいの羽柴軍のなかでも、抽んでた者たちが褒美を目当てに我先にと山陽道を上ってゆく。

その先頭に正則たちはいた。

硬い笑みを浮かべたまま髭面の黒々とした唇が動く。

「強がるのも大概にしとけよ」

「そっちこそ」

答えた正則は笑顔のまま歯を食い縛った。

汗と泥に塗《まみ》れた手足を乱暴に振るい、隣を行く奴にだけは負けまいと躍起になって走る二人を、男たちが必死になって追い駆ける。街道を埋め尽くす鬼気迫る大人たちの追い駆けっこから、異様な気が立ち上っていた。誰の目も前だけを捉え、足は駆けること以外に使われず、前へ前へと遮二無二《しゃにむに》進んでゆく行列を阻むような者は一人もいない。

二日間、歩き通しだった。

備中高松城を囲んでいた正則たちは、和睦がなったことを急遽《きゅうきょ》知らされた。そして、高松城の城主、清水宗治の切腹を全軍で見守った後、すぐに撤退するという急な命を受けたのである。

正則は翌日未明に高松の地を離れ、その翌日に沼《ぬま》城でわずかな休息を取り、その日のうちに姫路にむけて走りだした。沼から姫路までは十四里あまり。二日もあれば歩いていても十分に間に合う距離だ。

ただし道中には山陽道屈指の難所と呼ばれる船坂峠《ふなさかとうげ》がある。一団は峠で一夜を過ごした。さいわい二日続いた雨も止み、湿った地面に戸板を布けば、眠れぬこともなかった。

正則は誰よりも早く起きて、姫路への道を走り出した。すでにあと三里ほども走れば、姫路の城が見えてくるところまで来ている。曇ってはいたが、今日もなんとか保《も》ちそうだった。

疲れてはいる。

長いこと城を囲んでいたせいで、体を激しく動かすこともなかったから、幾分なまっていたところに、戦場でもこれほど厳しく動くことはないというくらいに走らされている。屈強な羽柴の兵たちのなかでも清正とともに、群を抜いて壮健な正則にして、手足に多少の痛みを感じていた。四肢の肉の奥が、鈍い痛みを放っている。

そんなことに構っていられるわけがない。

駆ける。

それ以外に正則にできることはないのだ。

親父が命を下した。

これほど嬉しいことはない。

親父だけの命を。

信長のことを考えず、親父が決断し、下した命に従うためならば、たとえ手足がもげようと、胴のみでも姫路に辿り着く……つもり、ではない。

辿り着くのだ。

その気持ちは隣を走る清正も同じはず。

この時をおいて、親父の恩に報いる場はない。

親父に拾われ、まがりなりにも一端《いっぱし》の侍になれた者の想いはひとつである。

「毛利は追って来んのかの」

前を見ながら清正が、荒い息の隙間から問う。

「知らんっ！」

答えながら、沼城で言葉を交わしたいけ好かない男の面を脳裏に思い浮かべる。

「撤退の時に堰を壊して高松城のまわりは水浸しじゃから、毛利が追ってこようとしても、兵を進めることはできんと佐吉が言うておったわ」

長々と話したから息が切れる。

佐吉とは、親父が近江で拾った国衆の小倅《こせがれ》だ。石田三成《みつなり》という名があるが、正則や清正たちは古い名である佐吉と呼ぶ。

「ふんっ」

佐吉の名を聞いた清正が、大きく開いた鼻の穴から荒い息を吐いた。

武張ったことを好み、書を紐解《ひもと》いたり字を書くことを嫌う清正は、武芸よりも政に如才無い働きをみせる佐吉のことを毛嫌いしている。同じく武働きしかできぬ正則も、清正ほどではないが佐吉のことを好ましくは思っていない。

だが、清正と違い、語ることくらいはする。

「佐吉が言うておったが、毛利のなかに親父と通じとる者がおるそうじゃ。毛利が追撃せんとすれば、その者が止める手筈になっとるから、心配せんで走れと言うとったわ」

「そんで、偉そうなこと言うとったその茶坊主は、どこでどうしとるんじゃ」

茶坊主……。

寺の小僧をしていた佐吉は、休息に訪れた秀吉に茶を馳走し、その時の才走った物言いを見込まれ拾われたという。その辺りを揶揄《やゆ》し、清正は茶坊主と吐き棄てたのである。

「兵糧《ひょうろう》や水の手配をせならんからと言うて、親父の船に乗ったわい」

沼城の東、片上《かたかみ》の港から、正則たちの戦道具などを積んだ船とともに親父はひと足先に姫路にむかった。行軍する兵の寝床や、飯などの支度を整えるために、佐吉も船に同乗した。

「儂等を走らせて、自分は船かい」

悪しざまに吐き捨てた清正が、地に唾《つば》を吐き棄てた。

「気に喰わんのぉ」

朝から三刻あまりも駆けているというのに、軽快に口を動かす清正の呆れた頑強さを前にして、正則は己を奮い立たせる。

「ぬぉぉぉぉっ！」

顎を突き出し、叫びながら清正の前を行く。

「なっ、なんじゃいきなりっ！」

叫んだ清正が追いつかんと躍起になる。

髭面が隣に並ぶ。

「負けんぞっ！」

「儂のほうこそっ！」

どちらからともなく吠え、重い膝を懸命に持ち上げる。

「佐吉のことなど知ったことかっ！　儂には儂の務めがあるっ！」

天にむかって吠える。

いちいち細々としたことを考えるのは苦手だった。苦手というより、女々《めめ》しくて嫌だった。誰かのことを羨んだり、嫉妬したりすることも面倒だった。

己のやるべきことを、ただひたすらにやればよい。足元を見つめ、一歩一歩前に進めば、かならず道は開けると正則は信じて疑わない。

だから……。

今やるべきことはひとつ。

走る。

それだけだ。

親父が自分の命よりも重いと慕っていた男が殺された。

織田信長。

正則は遠くからしか見たことがない。細面の髭の薄い男だったというくらいの印象しかなかった。

百姓だった親父を一国一城の主にまで引き立ててくれた恩人である。ならば、正則にとっても大恩人なのだが、言葉すら交わしたことのない者を親父と同じ熱量で慕えるほど、正則は大人ではなかった。

齢《よわい》二十二。

世間では良い大人なのだろうが、正則の頭のなかは十かそこらで止まっている。男の価値は腕っぷしで決まるものだ。拳を交えたことのない者を、心底から慕うことはできない。弱くても敗けを恐れずかかって来る者は、男として認める。このあたりの了見だけで、正則の内側はできていた。

だから、どれだけ信長という男の権威が強大であろうと、正則の目にかかれば、線の細い喧嘩《けんか》が弱そうな男程度にしか見えない。

そんな信長が殺された。

殺した男も、正則にとってみれば、信長と五十歩百歩の喧嘩の弱そうな男である。

惟任光秀。

親父や信長よりも年嵩《としかさ》の、頭の禿げあがった辛気臭い男である。この男は、親父と同格の侍だったから、信長よりは近い場所で、幾度も見ていた。喧嘩の弱そうな男だと思った以上の印象はない。

喧嘩の弱そうな細身の男が喧嘩の弱そうな毛の薄い男に殺された。

ただそれだけのことだ。

だが。

親父にとっては、そうも言ってはいられない。

父同然に慕っていた信長が、己と同格の男の謀反によって殺されたのである。

撫で斬りにせよ……。

光秀を討つために畿内へ戻ることを兵に告げた親父がそう口走った時の顔を、正則は瞼の裏にしっかりと焼き付けている。

これまで見てきたどの顔よりも、その時の親父は薄気味悪い面をしていた。もし、あの顔で目の前に立たれたら、なにもしていなくとも泣いて謝るだろう。

腕っぷしでは正則の方が上だ。

親父と拳を交えたことはない。親父なのだ。男の了見とは違う場所にある。だが、生みの父親は、まったく恐ろしくはない。むしろ、いつ顔を合わせても殴りつけてやりたくなるくらい憎たらしい男だ。

が、親父は違う。

恐ろしい。

心底から。

喧嘩では勝てる。

だが、そういう次元の相手ではない。

親だからというのも違う。

人としてというより、正則の裡にある獣《けもの》が、恐れているのだ。

そんなことは信長や光秀にも感じたことはない。羽柴家にいる大人たち、親父の弟の秀長や黒田官兵衛、蜂須賀のおっさんなどと顔を合わせ、怒鳴りつけられても、怖いと思ったことは一度もなかった。相手が疲れて小言を止めるまで、適当に頭を下げていれば良いだけだ。

親父には敵わない。

頭ごなしに怒鳴りつけられでもすれば、泣いて謝る。反省しているという演技などではない。心底から謝る。頭より体が先に謝ってしまうのだ。

理屈ではない。

佐吉のように小理屈を捏《こ》ねるのは苦手だ。心で感じたことが全てである。

親父は怖い。

この世にいる誰よりも怖い。

だからこそ……。

正則は素直に従う。

従えるのだ。

生みの父は桶《おけ》を作っていた。

荒事とは無縁な男だった。酒を呑んではくだを巻き、偉そうなことをほざくくせに喧嘩はからっきし。村の男たちにぼこぼこにされて帰ってくるようなこともあった。

体付きだって、骨が浮き出るほどに胸板が薄く、初めて見た者は正則の父であることを信じない。幼いころから他の童より頭ひとつ飛び抜けていた正則は、種が違うのではないかと村の者たちに陰口を叩かれていた。

母が親父の叔母だった。

生まれが百姓である親父の母の妹だ。桶屋に嫁いでいても、なんの不思議もない。この母親が大きかったかというと、そうでもなかった。人並みの体軀であったし、年老いてから肥《ふと》ったということもない。

親父も小柄だ。

母の姉である、親父の母も豆粒のような人だ。

同輩の者たちに親父は猿と呼ばれていた。体が小さく、顔が猿に似ているからだ。

正則の目から見てもたしかに猿に思える。だが、信長が禿鼠《はげねずみ》という仇名で呼んでいると知った時、言い得て妙であると思った。

猿というより禿げた鼠というほうがしっくりくる。

しかし……。

正則は、禿げた鼠なるものを見たことはない。

とにかく正則の縁者のなかで、正則以上の頑強な体軀をした者を知らない。ただ一人、近しい者といえば親父の弟の秀長であろうか。秀長は親父と種が違う。この秀長の父というのが骨太な男であった。だから秀長の体軀はこの父の種の所為《せい》であろう。

だとしたら……。

己はいったい誰の所為でこんな体になったのだろうか。

誰にも似ていない。

だが。

己の体は気に入っている。

この首、この腕、この足がなければ、隣を走る清正と互角でいられるわけがない。

これまで一度も喧嘩に敗けたことはない。あるとしたら清正なのだが、これまで幾度も殴り合ってきたが、正則は敗けたと思ったことはなかった。おそらく清正に問うてみても、同じことを答えるだろう。そういう喧嘩ができるのは、清正以外にいないし、清正が正則以外の者との殴り合いで本気を出しているところを見たこともなかった。

武士は武功こそが本分であると信じている。たしかに親父のように腕っぷしではなく、頭で伸《の》し上がるという方法もあるのだろうが、正則にはしっくり来ないし、心のどこかでそれは邪道であると思っている。やはり、武士は武によって身を立てるべきであるし、そういう意味において、己の体は十分過ぎるほどの天分を与えられていると思う。

そして。

武功を挙げるべき時は、今をおいて他にない。

親父のため。

親父が己のためにやるこの戦で働かなければ、正則はいったいなんのために武士になったというのか。

そう思えば、疲れなど吹っ飛んでしまう。

誰よりも先を駆けることで、後から付いてくる者たちを奮い立たせるのだ。武士は背中で語る。悔しかったらお前たちも付いてこい。功が欲しければ、俺を抜いて行け。行けぬのなら、今度の功は儂がもらう。

正則は今、己が武士であることを心の底から実感している。

「見ろ市松」

掠《かす》れた声が隣から聞こえた。清正の虚ろな目が行く末を見据えている。力無く開いた唇の端に、黄色い泡がこびりついていた。手足を動かしてはいるが、少しでも気を抜けば、そのまま前のめりに倒れてしまいそうなほど、髭面の目から力が失せている。

恐らく、正則も大差ない顔をしているのだろう。

もはや言葉を返す気力もない。

清正が見ているほうに目をやると、地面のむこうに漆黒の甍《いらか》が見えた。

「城じゃ」

清正がつぶやく。

歩を進めるたびに甍が地面から迫《せ》り上がってゆく。姫路城の門をめがけ、正則は最後の力を振り絞った。

廓内の広場に大の字になり、正則は天を仰ぐ。

城門を潜る頃までは鳴くのを堪えていた黒雲が、耐え切れぬとばかりにごろごろと呻《うめ》き出した。雨が降るのがわかっているのに、指一本思うままにならない。

正則と清正はほぼ同時に城門を潜り抜けた。迎え入れた大将格の男は、いずれに軍配を上げるべきか迷い、名をたしかめもせずに足軽に命じて二人を城内へと導き入れた。己よりも小柄な足軽に肩を借りながら、清正と二人で広場の草の上に寝転がると、そのまま動けなくなった。

「市松っ、虎之助っ！」

聞き慣れた声が天から降ってきた。

身を起こそうとするが、足腰に力が入らない。立たねばと焦っていると、見慣れた顔が視界を覆った。

「親父……」

正則がつぶやくと、視界を覆う親父の顔が大きく上下した。

「殿」

近くで清正が言った。声が聞こえた位置からして、どうやら身を起こしている。敗けてなるものかと、正則は丹田に気を込めて気合とともに上体を起こした。

いきなり頭を上げたせいで、目眩《めまい》がした。視界が揺れ、体を支える腕ががくりと折れたが、すんでの所で力を込めて倒れるのを堪えると、その背に親父の手が差し伸べられた。

「大丈夫か」

「なんとか」

笑って答えると、親父が嬉しそうに正則の背中を叩いた。

「見てみぃ」

親父が周りに目をむける。その視線に誘われるようにして、正則は廓内に目をやった。

大勢の男たちが大の字になり、口をぽっかりと広げ、鎧を大きく上下させている。

「御主たちの熱気に煽《あお》られて走ってきた者たちじゃ。今も次から次へと、城門に雪崩《なだれ》込んで来ておる」

小さな目を弓形にして、親父が跳ねるような声で言った。

息を整えた清正が、そんな親父に静かに問う。

「まだまだ道中は長うございます。このようなところで兵を疲れさせて良いのでしょうか」

儂と一緒になって先頭を走ってきたくせに何を言うかと、詰め寄りたかったが疲れのせいで、腹に力が入らない。親父の前では出来る男であろうとするところだけが、この男のなかで唯一嫌いなところだった。

かしこまる清正に優しい笑みをむけながら、親父が掌をひらひらさせる。

「お前たちはそんな心配はせんでええ。今日みてぇに、思い切り走ってくれりゃあ、それでええ」

「しかし……」

方々から聞こえてくる男たちの荒い息遣いに戸惑うように清正が口籠った。

たしかに清正の言いたいことはわかる。いかに褒美が欲しいとはいえ、広場内の様は常軌を逸していた。大軍に追われて逃げてきた殿軍《しんがり》のように、満足に立っている者など一人もいない。

「物分かりの良い者たちは後から来る。それでええのよ」

笑顔を崩さぬ親父が、倒れている男たちを嬉しそうに眺めながら言った。その顔に、悲愴な陰《かげ》はいっさい感じられない。心の底から慕っていた主を失った悲しみは、男たちに向ける温かな瞳に微塵も宿っていなかった。

光秀に対する怒りも感じられない。姫路城に辿り着いた男たちを頼もしそうに見遣る親父は、これから復讐を果たさんとする者の姿からは大いにかけ離れていた。

「親父」

思わず正則は声をかけていた。

「なんじゃ」

かたわらに座る親父の弓形に歪んだ目が、正則を見る。わずかに茶色味を帯びた瞳の奥を探ってみても、怒りや悲しみは見付けられなかった。

「悲しゅうないんか」

童の時のような口ぶりで問う。

正則の視界の端で、清正が肩を強張らせながらこちらを睨んでいる。無礼をなじっているのだ。己が大将に対する口振りではないことは、正則も重々承知している。だが、どうしても堅苦しい言葉を吐く気になれない。

むくつけき髭面を視界の端から追いやりながら、正則は想いのままに言葉を連ねる。

「信長様が死んだんじゃ。親父は悲しゅうないんか」

もはや親父は正則の主だ。一国の将と、名も無き足軽。それが親父と正則の立場である。天と地ほどもかけ離れたところに二人はいるのだ。本来ならばこんなに気安く口を利けるものではない。姫路城に一番乗りを果たしたからといって、供も連れずにねぎらいに現れるようなことはありえないことなのだ。

正則も清正も、親父の息子同然に育った。近江長浜城下で暮らすようになってからは、親父の妻である於禰《おね》に暮らしの面倒を見てもらった。その頃の長浜には、黒田官兵衛の息子や佐吉。親父の姉の息子たちなど、多くの者が集っていた。青年、少年、童にいたるまで、子のない親父のために身命を賭して働くための男児たちが、於禰の元に集められていたのである。

だから、正則にとって親父は、どれだけ遠く離れた存在となっても親父のままなのだ。言葉遣いの無礼を親父自身に叱られるのなら、すぐに改める。だが、他の誰がたしなめようと、正則は聞く耳を持たない。

親父は親父。

ぶれない。

曲げない。

それが正則の誠意だ。

「なぁ親父」

「悲しいに決まっとるがね」

笑みのまま親父が国の訛《なま》りで言った。正則の問いに答える間、面の皮が揺れることはなかった。嘘のない言葉であるが、どこかで吹っ切れている。そんな感じだった。

「じゃがのぉ市松」

次々と広場に辿り着いては倒れてゆく男たちに目を向けながら、親父がちいさくつぶやいた。正則は体を起こしたまま、口をへの字にして言葉を待つ。

「儂が悲しんでおったら、信長様は戻ってくるんか」

「いんや」

「そりゃあるみゃあよ」

「だから信長様の仇を討つ。親父はそう言うんじゃな」

「違うわ」

間断なく親父が答えた。

正則の太い眉が吊り上がる。

「じゃったら、なんで」

「おい市松」

「邪魔すんな虎之助」

さすがに無礼を窘めようとした幼馴染《おさななじみ》を睨みつけた後、正則はふたたび親父を見た。天を仰ぐ男たちを微笑《ほほえ》みながら見つめる親父の皺が目立ちはじめた横顔に、忌憚《きたん》のない言葉をぶつける。

「悲しんどっても信長様は戻って来んがね。やったら憎き惟任光秀の首を獲って、信長様の無念を晴らす。そういうこっちゃねぇのか親父」

「ほうじゃのぉ。御主の言いよるように、真っ直ぐに動けりゃ良いんじゃがのぉ」

言った親父が、いきなり腕を伸ばして首の後ろに回して来た。体を引き寄せられた正則の耳元に、穏やかな声が注ぎ込まれる。

「儂ぁ、光秀を殺してやりてぇと思うとるがね。それはの、信長様が死んだから思うたことじゃあにゃあ。殿が生きておった頃から、幾度殺してやろうと思うたかわからんがね。奴さえおらんかったら、儂は今よりもっと出世しておったでな」

「親父……」

「殿は光秀を、織田随一の臣と思うとった」

首に回る腕に力が籠る。小柄な親父の体にどうしてこれほどの力が宿っているのかと驚くほどに、正則の肩をつかむ手の指が、じりじりと肉にめり込んでゆく。振り解《ほど》こうにも、否応ない強力《ごうりき》で押さえつけられてしまい、どうすることもできない。正則はただ黙って、親父の言葉を聞くしか術《すべ》がなかった。

「そんな奴が……。くくくく」

親父が笑った。その顔を、正則は恐る恐る横目でうかがう。徐々に起き上がり始めた男たちを、変わらぬ優しい目で見守っている。傍目《はため》から正則たちを見た者は、一番乗りを果たした我が子同然の正則を、親父が嬉しそうにねぎらっているようにしか見えないはずだ。

「殿を……。殿を殺しおった。くくく」

抱え込まれている体が小刻みに震える。汗で濡れた体が冷えてきたわけではない。揺れる視界で、幼馴染を正面にとらえた。清正が強い髭の隙間をあんぐりと開きながら、親父を見ている。おおきく見開かれたその目には、恐れと戸惑いの色が存分に宿っていた。

「殿が光秀に殺されたと知った時、儂はどうやら壊れたみてぇだわ」

耳元で嬉しそうにつぶやく親父の腕を振り解くことができず、正則はただただ固まったまますべてを受け入れる。

「悲しいから……。殿を殺されたから……。だから、光秀を殺す。そんな簡単なことやったら、どんなに楽やったことか。のぉ市松」

「お、親父……」

どう答えれば良いのかわからない。胸に浮かぶ言葉のどれを吐いたとしても、今の親父の心には届かない気がした。

「惟任日向守光秀。そんな男はこの世にゃおらせんがね」

「は」

不覚にも呆けた声を吐いてしまったことを、正則は即座に後悔した。だが、親父の口から零れ出た言葉が、あまりにも訳のわからぬものだったから、防ぎようはなかった。そんな息子同然の男の肩を揺さ振りながら、親父はなおも言った。

「おらぬ者を殺すとは如何なることか。儂にも良うわからんがね。なんで殿は死んで、光秀が生きとるんか。そりゃ真なんか。いんや違う。殿はまだ生きとって、死んどるんは光秀の方じゃ」

壊れている……。のか。

突然の主の死によって、親父自身が言ったように、親父の心は壊れてしまったのかもしれない。脈絡のない、頓狂《とんきょう》なことを口走っていることを、親父は自覚しているのだろうか。

わからない。

難しいことを考えるような頭を、正則は持ち合わせていない。ただ、面前で笑う親父が恐ろしくて仕方なかった。

「親父様」

たまらずといった様子で、清正が身を乗り出した。

笑みのままの親父の目が、髭面をとらえる。

ぼさぼさのまま乾いた筆のような眉を吊り上げて、清正が重々しい声を吐く。

「信長様は本能寺で身罷られ、信忠様もまた二条城にて討死になされ申した。そは全て、惟任日向守の凶行にござりまする」

「おみゃあは見てきたんか虎之助」

「は」

先刻の正則とは違い、不審の意を存分に満たした声で清正が答えた。しかし親父は一向に動じることなく、嬉々とした声で問いを重ねる。

「おみゃあは都まで出向いてって、見てきたんか虎之助。それやったら、事の仔細を儂に話してちょ」

皮肉……。

とは思えなかった。

心の底から、親父は清正に頼んでいる。清正が都に行けるはずがないことすら忘れているように思えた。

「そ、某は小一郎様に直々《じきじき》にお聞きいたしたことを申したまでにござります」

親父の弟、秀長から都での変事のことを聞いたのは清正だけではない。その席に、正則もいた。毛利との和睦の後、撤兵のために兵たちに知らされる直前のことである。

「小一郎も都には行ってねぇ。誰も殿の骸《むくろ》を見た者はおらんのよ」

「しかし……」

「わかっとるがね」

弓形の瞼の間に浮かぶ親父の瞳が妖《あや》しく輝く。

清正が息を呑んだ。

「光秀の謀反で殿は死んだ。そんなことはわかっとるがね。誰も彼も同じことしか言わんからの」

どこに親父の本心はあるのだろう。愚かな正則には知る由《よし》もない。依然として肩をつかまれたまま、親父と幼馴染のやり取りを無言のまま見守る。

「殿の骸はねぇ」

「そは」

「光秀は首を獲れなんだ」

どうやら本当のことのようである。正則は髭面を見た。清正も同じ心持ちであったらしく、驚きを宿した瞳が、正則の顔に向けられていた。交錯した視線に、先刻の親父の言葉に対する疑念が満ちる。

「それはつまり親父……」

笑みに歪んだ親父の目尻の皺を見つめながら、正則は問いを投げる。

「信長様の死を光秀はたしかめておらぬということか」

「ほうじゃ」

目尻の皺が上下した。

「殿は生きとる」

「い、いや、しかし……」

「虎之助」

想いを断ち切る清正の言葉を割るように、親父が制した。

「言うたでねぇの。儂は壊れとるがね。この戦が終わるまで、儂は正気ではおれんのよ。わかってちょおよ」

もはや親父がどこまで正気でどこから正気を失っているのか、正則にはわからなくなっている。

だが、だからこそ正則にはわかることがある。

これはやはり親父の戦なのだ。

親父が怒り、親父が悩み、親父が苦しみ、親父が決断する。

そういう戦なのだ。

「親父」

清正を無視して正則は親父の横顔を睨む。

「信長様は生きておるんじゃな」

「ほうじゃ」

「親父がそう言うのなら、そうに違いねぇ」

「おい市松」

「さっきからごちゃごちゃ五月蠅《うるさ》いわい虎之助っ！　御主は黙っとれ！」

親父の腕を振り解いて立ち上がる。

しゃがんだままの親父の笑顔が、正則を見上げた。

胸を張る。

不思議と疲れは全身から消え去っていた。

「親父の敵は誰じゃ」

「惟任光秀」

つぶやいた親父の目から笑みが消えた。

親父が今、どんな心境でいるのかなど、正則の知ったことではない。

信長は生きている。

それで良い。

親父の敵は惟任光秀。

心の芯に置くべき言葉はそれだけだ。

「わかった。儂は光秀を殺すために走れば良いんじゃな」

「市松」

ゆらりと親父が立ち上がった。それでも正則の胸のあたりまでしか背丈はない。薄い髭を揺らしながら、親父が笑う。

我が子を愛おしむかのごとくに静かに伸びてきた掌が、正則の肩に触れた。

「御主と話しておると、頭のなかにかかっておった靄《もや》が晴れてゆくようじゃ」

「儂は官兵衛殿や佐吉のように細々としたことは考えられん。敵を殺してこその武士じゃ。儂はそう思うとる」

だから……。

信長が生きていようが死んでいようが、どうでも良いではないか。親父の前に立ちはだかっているのは、惟任光秀なのだ。他の物はなにもかも余計なこと。考えるだけ無駄である。

そう親父に伝えたかった。

だが。

正則は器用に回る舌を持たない。胸を張り、みずからの想いをぶつけることしかできなかった。

「ふふふ」

親父が笑う。

口をへの字に曲げて、正則は禿げた鼠を見下ろす。

「儂のために死んでくれるか」

「勿論《もちろん》じゃ！」

「愚問っ！」

正則の答えにかぶせるように叫んでから、虎之助が立ち上がった。

二人の息子を見上げながら、親父が何度もうなずく。

「儂は良き子等を持った」

言って正則の肩を叩く親父の手に力が蘇っている。本当の父親に言われるよりも何倍も嬉しいひと言をかけられ、心が奮い立つ。

「親父、儂が光秀の首を獲ってやる」

「儂じゃっ！」

正則に負けじと清正が身を乗り出して叫んだ。荒ぶる息子たちにうなずきを返した親父は、二人の肩に手を伸ばし、一度強く叩いてから歩み出す。

「裸一貫で伸し上がった儂にゃあ、子飼いと呼べる臣がおらん。御主等が頼りだで。皆がうなずかんといかんほどの武功を立てて、儂から褒美を奪い取ってちょ」

「わかっとるがね！」

正則の返答に清正も力強くうなずく。

「明日からも頼んだ」

「お任せを」

目を輝かせて言った清正に微笑みを返し、親父は広場に集う者たちをねぎらうために二人の元を後にした。

「やるぞ市松」

幾分覇気が蘇った親父の背中を見守りながら、清正が言った。

「お前には敗けん」

拳と拳をぶつけ合い、正則と清正は笑った。

走る。

走る。

走る。

姫路城を出た正則は、四日をかけて摂津国富田《せっつのくにとんだ》へと辿り着いた。

親父は姫路に蓄えていた米や銭の一切を、兵たちに分け与えた。すべてを懸けるという決意の下なにもかも投げ打ち、親父はこの戦に臨む。そんな主の志が全軍に伝わり、姫路から明石《あかし》、明石から富田へと進む羽柴勢の行軍は異様なほどの殺気を帯びていた。そのなかでも常に先頭を駆ける正則と清正が放つ、目に入った者すべてを薙《な》ぎ倒さんとするほどの裂帛《れっぱく》の覇気は、仲間たちでさえ息を呑むほどであった。

親父のために……。

姫路での会話以来、二人の胸に宿っているのはその一語のみである。

元より親父のことを我が身よりも優先させることにためらいのない二人であったが、子飼いの臣がいない己にはお前たちしかいないという親父の言葉が心のど真ん中に深々と突き刺さり、揺るぎない信念となった。親父のためなら命もいらぬ。その想いはこの戦が終わっても変わらない、という確信が二人の胸にたしかに宿っている。

己のための立身出世ではない。我が身を守《も》り立てる武功ではない。

親父のための武功、親父を支えるための立身出世なのだ。

それは二人にとって、生半な覚悟ではなかった。我が身だけならば、望みが叶わねば叶わなかったで、仕方なしと諦めてしまえばそれで終わり。運不運を言い訳にして、生みの父のように桶屋でもしてその日の食い扶持《ぶち》を稼げば良い。誰に迷惑をかけるでもない。己のみの気儘《きまま》な生涯ならば、それで良い。

だが、姫路城で正則の生は、変貌してしまった。

親父のために己は生きている。親父のために正則は大きくならねばならない。

天下……。

これまで一度として考えたことのなかった言葉が、姫路を出てからというもの、正則の愚かな頭のなかでぐるぐる回っている。胸のど真ん中にある親父のためにという想いとともに、大それた一語が頭を巡って正則を惑わせるのだ。

もちろん己のための言葉ではない。

親父のための言葉だ。

信長がほしいままにしていた言葉である。

信長はもうこの世にはいない。

殺した男にも天下などという大それた言葉を背負えるとは正則にはどうしても思えなかった。

親父こそが……。

ここまで考えて、正則の胸は熱くなる。

目頭が潤《うる》みそうになる度に、天にむかって吠《ほ》えてから清正を引き離さんと激しく駆けた。

こうして誰よりも先に、正則は富田へと辿り着いたのである。


親父が陣を張った富田には、多くの軍勢が集っていた。

幔幕が張りめぐらされたなか、正則は清正と、もう一人の男と酒杯を傾けている。

「儂等と呑むのが嫌なら、余所《よそ》に行け佐吉」

清正が憎々し気にもう一人の男に言ってから、朱塗りの盃を傾けた。佐吉と呼ばれた男は、眉すら動かさず、それを聞き流す。

石田三成。

佐吉は幼少の頃の名である。

正則や清正とは違い、機転が利いて政の才に長《た》けた三成は、親父に重宝がられていた。なにか面倒事があると、親父は佐吉を呼べと言って、三成の知恵に頼る。親父の弟の秀長、そして黒田官兵衛という二人の知恵者にも、三成は一目置かれている。

それが清正は気に喰わない。

己のことを愚か者だと割り切っている正則とは違い、清正は心のどこかでみずからを知恵者であると思っているふしがある。武張ったことが好みであるというだけで、頭の造りは三成と変わらないと思っているのだ。だから、親父が政において三成を重宝がることが腹立たしくて仕方がないのだ。

正則に言わせると、勘違いも甚だしい。知恵者のような言葉遣いをするだけで、清正の物言いには知恵者が放つ鋭さはなかった。この男の言葉にあるのは鋭さではなく、勢いである。

勢いならば正則も負けてはいない。

己と同じ土俵に立っているのだから、清正が知恵者であるわけがない。

「なんとかいえ」

投げかけた言葉を流された清正が、喧嘩腰で言った。その剣呑《けんのん》な響きに、三成が細い眉を吊り上げ、小さな瞳を髭面にむける。

「某は市松に呼ばれた故ここにおる。御主と呑むために座っておるわけではない」

「なにぃ」

淡々と答えた三成に、清正が鼻息を荒らげながら身を乗りだす。そこいらの男ならば、清正の怒気を正面から受ければ、それだけで腰を抜かして震えあがってしまう。しかし三成は、今にも殴って来そうな勢いで凄む清正を横目に、平然と盃を傾けていた。さすがは親父に目をかけられているだけのことはあると、正則は感心する。こうでなければ、才人の多い羽柴家において頭角を現すような働きなどできはしない。

「よせ虎之助」

喧嘩など始められたらたまったものではない。殴り合いなら三成に勝ち目はないのだ。一方的に殴られて終わりである。下手をすれば殺されかねない。

「佐吉は儂が呼んだ客人じゃ、大人しゅう呑め」

「なんで、こんな奴を呼んだんじゃ」

子供のように指を立て、その先で三成の仏頂面《ぶっちょうづら》をさしながら、清正が口を尖らせる。その赤ら顔を睨みながら、正則は努めて穏やかに語りかけた。

「いま親父は軍議の真っ最中じゃろう」

「それがどうした」

「どのようなことを話しておるのか、佐吉に聞こうと思うたのよ」

言って正則は三成に目をむける。

富田に陣を張った親父は、加勢を表明した諸将を集め軍議を開いた。

「儂も清正も難しいことはわからん」

「御主と一緒にするな」

清正の悪態を無視しながら、正則は三成に語りかける。

「明日には戦が始まるんじゃろう」

こちらの到来を知った敵が、都の外、山崎《やまざき》の地にある勝龍寺《しょうりゅうじ》城へと入ったらしい。

「恐らくは」

三成は淡々と答える。

「お前は同席せんで良いのか」

清正が目も合わせずに問うと、炎のなかに浮かぶ青白い顔がちいさくうなずいた。

「池田《いけだ》殿、中川殿、高山殿と、他家の方々が多く列席なされておる軍議だ。黒田殿や秀長殿もおられる。某の出る幕はない」

池田恒興《つねおき》は信長の乳母《めのと》の子である。本能寺にて信長が殺された際、摂津を守っていた恒興は、親父の到来を知ると誰よりも早く同心を表明し、合流を果たした。

中川清秀《きよひで》と高山右近《うこん》重友《しげとも》は、ともに光秀の与力であった摂津衆である。元は信長に謀反を企てた荒木《あらき》村重《むらしげ》の与力であったが、村重が討伐された後、光秀の与力となった。そういう縁があるから、正則はこの二人は光秀に加担するものと思っていた。

空になった盃に酒を満たしながら、正則はつぶやく。

「中川清秀と高山右近が光秀を裏切るとはな」

「中川殿と高山殿は惟任日向の家臣だったわけではない。信長様の命によって、与力となっていただけじゃ」

三成が盃を膳に置きながら答えた。あまり酒が強いほうではない。数杯は付き合ったのだから、もう結構とばかりに三成は盃を遠ざけた。

「信長様はまだ生きておる。殿は中川殿等にそう申したのであろう」

清正の問いに三成が顎を上下させてから口を開く。

「正しくは、そう記した書状を諸将に送ったのだがな」

「それを信じ、中川殿や高山殿は集ったということか」

「それはあるまい」

三成が首を振る。問いを発した清正が己の前にある酒壺の首をにぎって、青白い顔のほうへと差し出した。余計なことはするなとばかりに眉を歪めて、三成がまた首を振った。清正の気を三成から逸らすため、正則は声を張る。

「我等がこれほど早く戻ってくるなど、さすがの光秀も思ってもみなかったであろう。中川殿や高山殿も同じことじゃ。親父の即断が、皆を動かしたんじゃ」

六日ほどで備中から摂津と山城の国境あたりまで引き返して来られたことは、三成の働きがあってこそだ。それは、正則も清正も十二分にわかっている。備中からの道中の整備や、兵糧、休息所の差配など、軍勢に先行した三成が、兵たちが速やかに東上できるための手配を行ったのだ。こうして富田に陣を布いていられるのも、三成の陰の働きのおかげである。

だが。

正則も清正もいっさいそのことを口にしない。

同輩の活躍をにこやかに称えてやる余裕など、正則たちにはなかった。おそらく三成も、二人のいずれかが大きな武功を立てたとしても、決して称えはしないはずだ。己が誰よりも親父の力になってみせる。

その気概は、戦と政という違いはあれど、三者ともに胸に抱いているものだった。

「長岡と筒井はどうなっておる」

光秀を敵に回す際に、最も気にかかる存在を清正が口にした。

丹後を領する長岡藤孝と、大和の主、筒井順慶は、光秀の与力であるだけではなく惟任家と縁続きであった。その所領は中川や高山の比ではなく、集められる兵も段違いである。両者が加勢するかどうかで、この戦の難度が大きく変わる。

「長岡藤孝殿、忠興殿はいずれも頭を御丸めになられ、信長様の喪に服されておる。それに、織田家に弓引くつもりはない旨《むね》を記した書状も届いておる」

「筒井は」

正則が問うと、三成の酷薄な目がこちらをむいた。

「奴は光秀に加担して近江に兵を出したと聞いておるぞ」

どこから聞いたのか清正が言った。胴間声を受け、三成が尖った顎を上下させてから、紫色の唇をゆるやかに震わせる。

「それ以降、順慶殿は大和の居城に籠られた。こちらも、殿に従う旨の書状が届いておる」

「光秀を裏切ったか」

「与力は家臣ではないと何度言ったら……」

「わかっておる。が、裏切りは裏切りじゃ」

偏屈に言った清正が、口を尖らせる。

「一度、加勢しておいて兵を引き、敵に加担の意を表するなど、儂は好かんっ!」

叫んだ清正がそっぽをむく。あまりにも子供じみた態度に、正則も失笑を禁じ得ない。昔馴染みの微笑ましい言葉に、思わず語りかけてしまう。

「好き嫌いの話ではあるまい」

「儂は好かんと言ったら好かんのじゃ」

かたくなな清正の姿に、三成までもが口許をほころばせている。そして、膳に置いたままだった盃に手を伸ばし、みずから酒を注いだ。顎の下まで持っていった盃をそのままにして、朱に染まる髭面に声を投げる。

「光秀の裏切りによって今度の戦は始まった。裏切り者が裏切られる。それもまた戦国の理《ことわり》ではないか」

三成の言うことはわかる。己が家を守るために主家を裏切ることは、武士として当然のたしなみだ。しかし、清正の志もわかる。この男だと信じた者のためならば、命を捨てても構わない。そう心に念じ、武士という生き物は縁を結ぶ。

信長への謀反によって、光秀は天下を望んだ。が、その謀反こそが、与力たちの離反という形で光秀自身の首を絞めた。

「まだ、すべてが終わったわけではない」

言った三成が盃をかたむけた。正則と清正は黙ったまま、続きを待つ。空になった己の盃に目を落としながら、三成はつぶやく。

「多くの将は殿への加担を決めた。じきに三七様と惟住殿も駆けつけてくる」

四国攻めの支度をしていた信長の三男、信孝と惟住長秀が、親父と合流するために富田へ急いでいる。

「たしかに兵の多寡では我等が勝っておる。だが、我等は烏合《うごう》の衆。ひとつにまとまっておる惟任の兵とは違う。すこしでも敵勢に穴を開けられれば、糸が解《ほぐ》れるように、ぼろぼろと崩れてゆくだろう」

「裏切り者に我等が敗けるはずがなかろうっ！」

清正は鼻息が荒い。喧嘩腰で言葉を継ごうとした幼馴染の呼吸を読んで、正則は割って入る。

「烏合の衆か」

正則の声を聞き、清正が肩をいからせたまま止まった。邪魔をするなという友の糾弾の視線を受け流し、正則は酒を一気に呷《あお》って三成に言葉をぶつける。

「ここに集うたのは長年、織田家に奉公してきた者ばかりじゃ。欲得にて昨日今日集うたわけではない」

「そうじゃ」

発言を止められて機嫌を損ねていたはずの清正が、髭を大きく上下させながら三成をにらむ。

近江の茶坊主上がりの若侍は、ふたりの荒武者の熱い視線を一身に浴びながら、仄かに笑った。

「仲が良いのか悪いのか……」

微笑を浮かべてうなずいた三成は、なにが嬉しいのかふたたび空になった盃にみずから酒を注いで口許に持ってゆく。

「我等は勝つ。絶対にっ！」

清正が吠える。三成を見つめる顔に、連日の行軍の疲れはない。

冷徹な能吏《のうり》は強い面を見もせず、ゆっくりと盃を傾ける。そして、空になった盃をふたたび膳に置いた。

「ここで勝ち負けを語らい合うておっても意味はない」

言って立ち上がった。

正則と清正は床几に腰を据えたまま、青白い三成の顔を見上げる。

「今宵のうちに高山殿と中川殿が動かれよう」

「佐吉」

得意げに語る青白い顔を、正則は昔の名で止める。

「今宵の軍議がどう流れるか、御主はわかっておるようだの」

「敵は淀《よど》川と天王山《てんのうざん》に挟まれ隘路《あいろ》となっておる山崎の地に我等を誘い込むつもりだ。寡兵である惟任勢が我等を迎え撃つには、そこしかあるまい」

「儂等は二万じゃ」

倍ほどの差であれば、寡兵と呼ぶほどではない。正則の素直な言葉に、三成は立ったまま首を振る。

「三七殿と惟住殿が合流されれば、高山殿、中川殿、池田殿等の軍勢まで合わせると、我等は四万を超える」

「四万……」

思わずといった様子で清正がつぶやいた。

「四倍もの敵を迎え撃つのだ。隘路に誘い出し、細く長く連なる軍勢の頭を潰しながら減らしてゆく。それしかあるまい」

正則は思わず身を乗り出していた。

「で、高山殿と中川殿はどうする」

ともに光秀の与力であった。織田方に与するという明確な意思を表すためにも、先陣を買って出るのは自然の成り行きといえた。

「高山殿が山崎の街に布陣し、中川殿は天王山に陣を布く」

「天王山……」

つぶやいた正則の手が自然と握りしめられてゆく。

「隘路に誘われぬためにも、天王山はなんとしても死守せねばならん」

「始まるのだな明日」

清正がしみじみと言った。

三成がうなずく。

盃に溢れるほどに酒を満たし、正則はそれを手に取って高々と掲げた。

「これは親父の戦じゃ。勝つぞ」

「総大将は三七様だ」

「細かいことは言うな」

酒が満ちた盃を掲げながら清正が嬉々《きき》として三成に言った。

「まったく」

溜息まじりに膳の上の盃に酒を注ぎ、三成も手に取り掲げた。

正則は盃に吠える。

「これからじゃ」

黒雲に覆われた空がごろと鳴った。

「親父の天下がこれから始まるのじゃ」

「天下じゃと」

あまりのことに清正が驚きの声を上げる。意外にも三成はさほど動じていなかった。

また空が鳴った。

明日は雨になるやもしれぬ。

信長は大事な戦では必ず雨が降ったという。親父の仇討ちを、天の信長も味方してくれている。

幸先《さいさき》良し。

「儂等が親父を天下へと導くっ！　良いなっ！　皆の衆っ！」

言って高々と盃を掲げた。

「御主は何様じゃ」

不服そうにつぶやいた清正が続く。三成は目を伏せ、薄ら笑いを浮かべながら盃を掲げる。

皆が呑み干した刹那《せつな》、ひときわ大きな雷鳴が黒雲に轟《とどろ》いた。

肆　明智左馬助秀満

時はわずかにさかのぼる。


「消せぇっ！　早う消さぬかっ！」

男たちの怒号が轟く。流れに飛び込み、己の陣笠に水を汲んでは河原へ戻って来る足軽たちの顔は、どれも哀れなほどにひきつっていた。

今更……。

必死になって火に水を浴びせ掛ける男たちを馬上から見つめ、明智左馬助秀満《さまのすけひでみつ》は溜息を吐く。

今更、わずかな水を必死になってかけたところで、油に塗れた橋から炎を退けることなどできるはずがない。我等の到来を知るとともに、山岡景隆が真っ先に考えたことなのだろう。でなければ、これほど見事に燃え上がるはずもない。

この日の朝、陽が昇るよりも先に、秀満は兵とともに信長を襲った。主であり義父でもある光秀に先陣を任され、兵とともに本能寺に奇襲をかけた。

果たしてあれは奇襲と呼べるのだろうか。

自信がない。

信長とともに本能寺で眠っていたのは、三十人あまりの小姓衆のみ。手勢と呼べるだけの兵を、信長は連れていなかった。

信頼していたのだ。

光秀を。

信長が信を置く重臣たちは、四方に散らばっている。いまだ織田家に服従しない諸国の大名たちとの戦のために、力のある家臣たちは日ノ本各地で戦っていた。畿内に残された光秀は、信長を守る盾《たて》の役目を担っていたのである。

その盾が一夜にして矛《ほこ》となった。

武士の面目を施すほどの働きであると、信長みずから賞した光秀が、突如として反旗をひるがえし京の宿所を襲った。寝込みを襲われた信長はたまったものではなかったであろうと秀満は、己で襲っておきながら思う。

よもや光秀が裏切るはずがない。

そう思っていたはずだ。

何故なら。

秀満がそう思ったからだ。

信長に反旗をひるがえすという義父の決断を知ったのは、乱の前夜のことだった。中国の毛利攻めに手こずっている秀吉の加勢を命じられ、戦支度のために丹波へおもむいているのだと、秀満は思っていた。あの時、秀満とともに義父の真意を打ち明けられた他の重臣たちも、大差ない思いであったはずだ。

八千の兵を集め、いざ明日は出陣であるというなか、四人の重臣を集めた光秀がいきなり謀反の企てを打ち明けたのである。

否応はなかった。

言えるような状況ではなかった。

すでに兵は集められ、出兵の命を待っていたし、秀満が今更異を唱えたところで、義父の決意が変わるとは思えなかった。

光秀という男は、一度こうと決めたら梃子《てこ》でも動かない。柔和《にゅうわ》な笑みを常から浮かべている朗らかな男であるくせに、なにかを決意したら脇目もふらず、目的にむかって邁進《まいしん》する。そういう男だから、信長に重用されてきたのだろうと秀満は思う。

信用に足る男である。

信長はそう思っていたはずだ。

そんな実直一途な義父が、織田家への謀反を決意した。

もう覆らない。

秀満以下四人の重臣は、光秀の決意に賛同した。

払暁《ふつぎょう》、本能寺を襲った惟任勢は、見事信長を討ち果たした。

はずである……。

首が獲れなかった。

信長は寺に火を放ち、みずからの骸を灰燼《かいじん》に帰しめたのである。本能寺はすでに灰の山だ。見つかる骸は黒焦げで、どれが信長かなどわかるはずもない。

信長は死んだ。

死んだのだ。

八千で囲んだのである。蟻の這い出る隙もなかった。間違いなく信長は本能寺で死んだのだ。

惟任家に仕える者は皆、そう信じている。いや、信じざるを得ない。もし、万一にでも信長が生きていれば、光秀に勝ち目はないのだ。

すでに何処かに逃れ、四方に散る重臣のいずれかの助けを得た信長が畿内に戻って来でもすれば、光秀は大義なき謀反人として裁かれるしかない。

帝の仇なす大逆人、織田信長を討った。

それこそが光秀の大義名分なのである。信長が死んでこその大義。謀反を完遂できぬ者に、人が従うはずもない。

「あぁぁぁっ！」

悲鳴じみた声を男たちがいっせいに吐いた。その視線の先で、黒焦げになった橋が水面に吸い込まれてゆく。

当たり前ではないか。間に合う訳がない……。

心のなかで毒づく。

もはや瀬田川を渡ることはできない。一人二人ならば、泳いで渡れるかもしれないが、八千あまりの兵が馬や荷駄とともに行軍できるような流れではなかった。

本能寺を焼き、信長を見失った後、光秀は織田家の惣領、信忠が籠る二条城を攻めた。信忠とともに籠っていた誠仁《さねひと》親王を保護した後、秀満たちは城を攻め信忠を討った。

信忠を討った義父は、京の都の安寧《あんねい》のためにわずかな兵を残し、信長の居城、安土城を目指すと全軍に命じた。

そして……。

この様だ。

川辺に並ぶ惟任勢を嘲笑《あざわら》うように橋であった木切れの群れが、黒煙を上げながら燃え盛っていた。

瀬田城の主、山岡景隆の仕業《しわざ》で間違いない。

「燃えておるな」

背に聞こえた声に、秀満は振り返りもせず火を見つめ続ける。隣に並んだ白馬にまたがる義父の横顔もまた、炎へとむけられていた。

「左馬助」

義父は必ずそう呼ぶ。秀満は答えずに、黒色に染まった橋桁《はしげた》を眺め続ける。

「不服か」

静かな問いに、思わず目だけを義父にむける。炎を見守る光秀の瞳が、弓形に歪んでいた。笑っているわけではない。笑っているように見えるだけだ。義父は常の顔が微笑をたたえているように見える。その顔のせいで信長には散々詰《なじ》られたと、義父は言っていた。

だが、そんな些末《さまつ》な怨恨で信長を討つような狭小な了見で、義父は生きてはいない。

「武働きこそが己の本懐だと心得ておる御主には、今度の戦は納得が行かぬか」

本能寺では五十にも満たない手勢を相手にし、二条城でも五百に毛の生えた程度の軍勢に八千で相対した。

いずれも戦と呼べるべきものではない。

「あの異人との一戦は、どうだ」

機嫌をうかがうかのように、義父が問うてくる。

異人とは、信長が宣教師からもらい受けた褐色の肌をした男のことであった。弥助《やすけ》という名のこの男と、秀満は本能寺で槍を交えた。常人離れした体軀から繰り出される強烈な攻撃に、秀満は子供のように翻弄《ほんろう》された。放たれる攻撃のいずれもが、常人の渾身《こんしん》の一撃を超えた勢いを有していた。

死ぬ……。

これまで一度として戦場で思い描いたことのない言葉が、幾度も脳裡を駆け巡った。

生死を決することなく、弥助との勝負は流れた。

本能寺が灰と化した後、弥助は捕えられ、義父の元に引き据えられた。が、義父は弥助を織田家の者とは認めず、縄目を解いて放逐した。怒りを瞳に湛えたまま弥助は京の街に消えて行った。

「もう一度戦いたいか」

「いいえ」

秀満はぞんざいな言葉とともに首を振る。どうしても調子良くしゃべることができない。今は義父の機嫌を取るような物言いはしたくなかった。元より目上の者の機嫌を取るような真似を嫌う秀満ではあるが、礼儀としてある程度の応対をしなければならぬことはわかっている。が、今はどうしてもそんな気になれない。

「山岡殿には加勢いたすよう使いを出したのだがな」

淡々と語る光秀の横顔を、首を回して正視する。常の笑みを浮かべた口許には、なんの想いも滲《にじ》んでいなかった。

「これが返答だ」

断わる……。

安土へと続く街道に架かる橋を燃やし、惟任勢の行軍を阻害することで、山岡景隆はみずからの旗色を明らかにしたのである。

「如何に」

つぶやいてから、秀満は義父から目を逸らした。それと同時に、今度は光秀が義息の顔に目をむける。

「これから如何になされるおつもりでしょうや。橋を直すまでの間、この地に留まられるのか。それとも……」

「坂本に戻る」

秀満が言うより早く、義父が答えた。

坂本城は義父がはじめて信長に与えられた城だ。近江坂本の地を治めるための居城である。義父はその他にも、丹波一国の支配のために亀山《かめやま》城を持っている。

「都には戻られぬのですか」

天下の差配をするためには、帝がいる京のほうがなにかと都合が良いように秀満は思う。信長の後継として天下を統べると諸国に示すためにも、安土へ入れなくなった今、都に引き返すほうが得策ではないだろうか。

「諸国の大名に書を認《したた》めたい」

秀満の心の声に答えるように、義父が静かに言った。

「長岡殿と筒井殿にも遣いを出したが、戻って来ぬ」

謀反の決意を義父は重臣四人だけに打ち明け、みずからの手勢のみで決行してしまった。与力のなかでも縁続きなうえ、一国を領する大名である長岡藤孝、筒井順慶両名の力を借りることはなかった。

「一度では心許ない。急ぎ坂本に戻って再び書を認めねばなるまい」

同心を求めるための書である。

謀反を為し遂げはしたが、惟任家の領国と兵だけでは天下を支えることはできない。せめて近畿周縁の大名だけでも味方につけなければ、今回の決起に異を唱える者たちと対峙《たいじ》できる力がないのだ。長岡、筒井はもちろんのこと、高山右近、中川清秀のような与力として義父を支えてきた者たちの加勢を得ることができれば、都一円と畿内を固められる。

義父の謀反によって信長が死んだことは、数日のうちに諸大名が知るところとなるだろう。そうなれば、諸国に散っていた織田の重臣たちがこぞって戻って来る。彼等の逆襲を阻むためには、彼等が敵対している大名たちの加勢は必要不可欠である。

北条、上杉、毛利、長曽我部。彼等のような信長を敵としていた有力大名が義父に味方してくれれば、重臣たちを足止めしてくれる。その隙に畿内を固め、重臣たちを一人ずつ潰してゆけば、義父の天下は見えて来る。

信長を殺したからといって、義父が天下人になったというわけではないのだ。

「ここの修復、頼まれてくれるか」

この人はいつも……。

「嫌か」

義父が寂しそうに問うてくる。なぜかわからず、秀満は不審の色を瞳に宿して首を傾げた。

「溜息を吐いた故」

気付いていなかった。己が溜息を吐いたことを義父の言葉で知った秀満は、取り繕《つくろ》うように小さく笑う。

「いや」

そこまで言って言葉に詰まった。

不服かと問われた。

正直なところ……。

不服である。

「義父上」

意を決し、馬上の体を傾けて、義父と正対する。重くなった義息の気配を機敏に悟って、虚ろな笑みが秀満を正面からとらえた。

こんな時でも義父は笑っている。それが本心からの笑みでないことを、秀満は重々承知しているのだが、それでも微かな違和を感じはするのだ。義父のことを知らぬ者ならば、この顔だけで怒りを覚えることだろう。そんな齟齬《そご》で、義父はいつも損をしている。どれだけ本心を探ろうとしても微笑という霞《かすみ》の奥に隠れてしまい、重臣にさえ曝《さら》け出すことがない。

これまで義父の決断によって下された命は、的確で寸分の隙もなかった。だからどれだけ本心が見えずとも、家臣たちは迷わず従ってきた。

心の奥底がうかがえなくても、義父の胸には熱き志が根差している。それを疑う家臣は一人もいない。

義父は極度の照れ屋なのだ。みずからの功をひけらかすような真似は決してしない。真剣に努力している姿や、汗塗れになって働くことを、誰かに見られることを嫌う。必死であると思われたくないから、ついつい笑ってしまう。

恐らく幼い頃からそうして笑ってきたのであろう。だから面の皮が笑みのまま固まってしまったのだ。意図せぬ笑みは、照れ臭さの裏返しなのである。

しかし……。

我等には見せてくれても良いのではないのか。

必死な姿を。

汗をかくところを。

迷っている顔を。

死の恐怖に震える背中を……。

「もし、長岡殿や筒井殿の同心を得られぬ時は如何致しまするか」

「その時はその時じゃ」

余人が信じられぬほど頭が速く回る義父に、隙はない。間髪《かんはつ》入れずに、答えが返ってきた。

だが。

こんな言葉は望んでいない。その場しのぎの虚ろな返答で誤魔化されてやるような心持ではなかった。

「義父上の御考えを聞かせていただきとうござります」

いつもと違う秀満の態度に、義父が目を見開く。笑みの形に歪んでいるのが普通だから、瞼を開いて露わになった眼《まなこ》が恐ろしく大きな物に見えた。瞳が小さいのだ。極端に黒目が小さいから白目が目立つのである。

そんなことに臆する秀満ではない。

義父との間合いを言葉で詰める。

「その時はその時などという、急場しのぎの策のみで勝てる戦ではござりますまい」

「戦は終わった」

信長との戦のことを義父は言っている。

「違いまする」

秀満は押す。

「まだ戦は終わっておりませぬ。いや、始まってもおらぬ」

胸を張って毅然と言い切る。

武辺一辺倒の粗忽者《そこつもの》……。

恐らく義父は、秀満のことをそう思っている。頭よりも先に手が出て、何事も拳で解決するような武骨な男だと思っているはずだ。たしかに大まかなところでは、そうかもしれない。秀満は頭を使うよりも、躰を使って事を決するほうが得意だ。

だが、秀満も考える。

武辺者であるからこそ、義父の冷淡さに誰よりも過敏であるし、その奥底に潜む熱を誰よりも強く感じることができる。

そんな秀満だからこそ……。

聞いておかなければならないことがある。

「この橋を修復いたすということは、安土城へと向かうということ」

当たり前のことを口にして続ける。

「安土城へ向かうということは、信長の居城を占拠するということですぞ」

当然のことには、義父は答えない。無言を肯定として、秀満は続ける。

「当然、織田家の重臣たちは義父上を謀反人として糾弾《きゅうだん》いたしましょう」

信長を殺した時点でその定めからは逃れられないのだ。安土を占拠した程度で、なにが変わるということもない。

「するだろうな」

どこか他人事《ひとごと》のように、義父が笑い声を上げた。その姿に、秀満は腹が立つ。

「このままでは勝てませぬぞ」

恐らく重臣たちは、与力を引き連れ戻ってくるだろう。一方、こちらは長岡、筒井をはじめとした与力衆の同心をたしかめてもいないのだ。

与力という仕組み自体が、織田家の、ひいては信長の意によって定められた枠組みなのである。謀反人を誅《ちゅう》せんとする重臣たちは、織田家の枠組みのなかで動いているから、与力たちにとって、彼等に従うことになんのためらいもないはずだ。しかしすでに義父は、織田家の枠組みからみずから離れてしまっている。

与力であった者たちが加勢してくれるかどうかは、各々の判断に委ねられることになるだろう。義父との縁と、天下への欲求。個々人が義父という男を判断して、道を決める。

結果、山岡景隆のように、反旗をひるがえす者もいるだろう。

そもそも山岡は義父の与力ではないし、義父に仕える義理もない。安土への途上に領地があるため、味方に引き入れようとしただけのことだ。

それでも、山岡が橋を燃やして義父への同心を拒んだことは、周辺の大名や国人たちに一夜のうちに広がるだろう。去就に悩んでいる義父の与力たちが、山岡の決断によって態度を定めることも十分に考えられる。

「本当の心の裡を御聞かせくだされ」

不安で不安で仕方がない……。

そんな言葉が聞きたかった。

たしかに信長を討ち果たすことはできたが、それによって義父は今、これまでにない窮地に立たされている。どれだけの仲間を得られるかで、これより後の道が決まるのだ。己の一存のみで惟任家を仕切ってきた義父が、余人の手を借りなければ己の行く末を定めることができない。

恐ろしくてたまらないはずだ。

「一刻も早く坂本に戻り、一通でも多くの書を認めたいのでござりましょう」

なおも詰め寄る。

弱みを見せてくれ……。

心底から願う。

そうすれば、秀満は義父のために死ねる。

だが。

「ふふ」

義父は笑った。

秀満から顔を逸らし、黒煙を上げてくすぶる橋を見つめる。

「事ここに至れば、もはやじたばたしたとて仕方あるまい」

もう、我慢がならなかった。

「義父上は死にたいのですか」

怒りが言葉となって零れ落ちたが、秀満に後悔はない。あまりにも腑抜けている義父の姿をこれ以上見てはいられなかった。

「先刻からの義父上の御言葉の数々、某の耳には敗けたいと申されておるようにしか聞こえませぬ」

「そう……」

鼻から息を吸って義父が小さくうなずいた。

「聞こえるか」

「聞こえまする」

いまさら遠慮しても滑稽《こっけい》なだけだ。一度刃を抜いたら決着がつくまで振り続けるのが、武士としての秀満の矜持《きょうじ》である。問答であっても、立ち合いを望んだからには、義父の想いに納得せねば、一歩たりとも引けはしない。

「与力の方々が同心せぬ時は、その時だと吐き捨てられ、坂本にて書を認めるおつもりでしょうと問うても、じたばたしても仕方無いなどと口走られる。何故義父上はこれを見ても、そうして笑っておられるのですか」

腕を掲げて、炭になった橋を示す。怒りを視線に宿らせ、義父の微笑にぶつける。

「安土に行かれるのは何故にござりまするか。織田家の、信長の権を継ぎ、天下に覇を唱えるためではござらぬのですか」

でなければ……。

ともに戦った甲斐がない。

「私怨のために信長を討ったのですか」

「いや」

静かに首を振った義父になおも詰め寄る。

「ならば、昨夜申されたように、討てるから討った。ただそれだけのことだったのでしょうや」

亀山城に重臣たちを集めた義父は、信長を討つ好機が到来した故に、これを討つという趣旨のことを皆に語った。

そしてもうひとつ。

「高慢な天下人に成り下がった故に討ったと申されまするか」

これも義父が亀山城で語ったことである。いまだ諸国には織田家に従わぬ大名が蟠《ばん》踞《きょ》しているというのに、帝より将軍、関白、太政大臣のいずれかを選んでくれれば、好みのものに任官するという宣旨《せんじ》を得た信長は、すでに天下人になったかのごとくに増長した。その高慢さに義父は憤懣《ふんまん》を覚え、好機の到来とともに謀反を決意したと、秀満たちに語ったのである。

「もしも、それが本心なのであらば、すでに義父上の大望は果たされておられまする」

「なにが言いたい」

笑みのままの義父が、首をまわして秀満を見た。弓形の瞼の奥で、小さな瞳が義息を捉えて離さない。その黒き洞穴からは、いっさいの光が消え果てていた。

恐れが秀満の舌を一瞬だけ搦《から》め捕《と》る。

臆するな……。

己を叱咤し、秀満は顎を突き出す。

「もはやこの天地に、義父上の望むべきものはなにひとつ残っておらぬのではありませぬか」

他の兵には聞かせられない。

義父がもはや抜け殻になっているなどと知れば、炎を消し一刻も早く安土へと向かおうと躍起になっている者たちは、なんのために戦っているのかわからなくなってしまう。五十にも満たない者の寝込みを襲い、第六天魔王を討った甲斐がないではないか。

義父のため、惟任家のため。そしてそれが己が家の栄達に繋がると信じ、男たちは戦ったのだ。灰となった寺を駆け巡り、必死になって信長の骸を探したのではないか。

「天下を取る。義父上はそうも言っておられました」

それは嘘ではない。

信長に代わって天下を取るつもりなのかと重臣の一人、斎藤利三《さいとうとしみつ》が問うた際に、義父は否定しなかった。信長と信忠を討つということは天下を取ると宣言するようなものだと認めたのである。

「あれは嘘だったのでしょうや」

そんなことは許さない。

一時の気まぐれだったなど、義父はなにがあっても答えてはならないのだ。目の前の男たちの命運がかかっている。秀満は退けない。退くわけにはいかない。

本能寺で弥助と相対していた時よりも幾倍も心が張り詰めている。本当の刃《やいば》を交えるよりも、言葉の刃をもって義父と対峙しているほうが、心が震えていた。己の命だけではない。義父の返答如何によっては、惟任家に仕えるすべての者が、路頭に迷うことになるのだ。

それだけは避けなければならない。

避けなければならないが……。

秀満には手立てが見つからない。

固く口を閉ざしたまま、義父が息子を見つめ続ける。

かつて三宅弥平次《みやけやへいじ》と名乗っていた秀満は、その武勇を買われ、義父の娘を嫁に貰った。妻は、摂津一国を信長に任されていた荒木村重の息子の妻であった。村重の謀反とともに惟任家に戻されていたこの娘を、義父は秀満と再嫁《さいか》させた。

無理強いはせぬが、貰ってくれると有難い……。

決して主の権をひけらかさない義父らしい物言いだった。秀満は喜んで妻を迎え、惟任家の一員となった。

義父の息子になったことを、後悔したことなど一度もない。惟任左馬助秀満という名に誇りを持っている。丹波に福知山《ふくちやま》城という城を持てたのも、義父のおかげだ。いただいた恩は一生かけても返しきれない。

「義父上」

答えを急かす。

熱を帯びた視線を義父に返す。秀満の気迫を存分に受けながらも、義父の笑みは揺らがない。

本当に腑抜けてしまったのか。

時が過ぎゆくにつれて、秀満の胸のなかで不安が膨らんでゆく。

「嘘……」

ゆっくりと義父が口を開いた。黙ったまま秀満は続きを待つ。

喉が鳴った。

おそらく義父にも聞こえている。

「嘘ではない」

言った義父が、秀満から目を逸らして、ふたたび橋を見た。

「終われぬ……。こんなところで儂は終われぬのだ」

義息にというより、己に言い聞かせるようにつぶやいた義父を、秀満は逃がさない。

「某には終わりたいとしか聞こえませぬ」

信長を討って大望を果たした今、この世になんの未練もないが、己に従ってくれた者たちのためにも終われない。そう言っているとしか思えない。

「本当に、義父上が終わりたいと申されるのであれば、某が今ここで終わらせて進ぜましょう」

腰に下がる太刀の柄に右手を添えた。

裂帛の殺気を総身から放つ。

腑抜けになってしまったのなら、いっそここで死ねば良い。

「この地で惟任家は終わり。義父上の首を斬った後、某は坂本に走り、義母上や弟たち、妻も子も、惟任家のすべての者を殺しまする。某もすぐに参りまする故、心配御無用」

腹の据わらぬ将を戴《いただ》いて戦をしたところで、勝てるわけがない。ならばいっそ、この場で終わってしまったほうが清々《せいせい》する。

「某は武辺者故、戯言は申せませぬ」

本気で斬る。

柄を軽く握った。

頼む……。

義父がそう答えた刹那、痛みを感じさせることなく浄土へ送ってみせる。

「戯言か……」

光秀がつぶやく。

今度は馬の首ごと、秀満にむけた。その分だけ間合いが遠ざかる。

「それでは斬れませぬ」

「斬られるわけにはゆかぬ」

「では義父上は」

「終わらぬ」

脅されて言をひるがえすような男ではない。だが、にわかには信じられぬ。柄を握る手を緩めず、秀満は義父を睨み続ける。その剣呑な気配に、周囲の者が気付きはじめた。親子の不穏な雰囲気に、足を止める足軽もいる。それらを見ることなく、秀満は義父だけに意を注ぐ。

「その言葉に偽りはござりませぬな」

「ない」

明確に答えてはいるが、先刻までの気の満ちぬ声のまま、義父は力無い微笑を義息に向けている。

「案ずるな左馬助。儂はなにひとつ諦めておらぬ。終わってもおらぬ」

「口ではどうとでも申せまする」

「皆を想う其方の気持ちは、わかっておる」

「そのような御姿であられるのは、某の前だけにしていただきたい」

「わかっておる。其方であるから語ったまでのことじゃ」

引っ掛かる。

「そう仰せになるということは、やはり……」

「勘繰るな」

秀満の言葉を止めた義父の声には、先刻までの腑抜けた響きはなかった。目は弓形のまま。口許も緩んでいる。なにも変わっていない。だが、吐き出される声には、なにやら不穏な物が宿っている。

「儂が諦めぬと申したら諦めぬのだ。終わっておらぬと申せば、終わっておらぬのだ。其方は信じておれば良い」

言い返せなかった。

たしかに声は変わったのだが、物腰や顔色はなにも変わっていない。頼りないほど力の無い笑みを浮かべている。

「橋をなおしてくれ。儂は坂本に戻って、諸国の大名に書を認《したた》める」

「承知仕りました」

「左馬助」

不穏な声で名を呼ばれ、自然と背筋が伸びる。

白馬がゆっくりと近づく。

「これより先、一手でも間違えば我等は滅びる。儂はかならず、其方たちとともに生きる。終わりはせぬ……。終わりはせぬぞ左馬助」

己に言い聞かせるような言葉であったが、それでも秀満は心の底から義父にうなずいてみせた。

橋の復旧は昼夜を分かたず行い、三日の後に兵を渡すまでの物を作り終えた。報せを受けた義父は坂本より急行し、全軍で安土城へとむかった。

安土城を信長より任されていた蒲生賢秀《がもうかたひで》は、光秀の謀反を知ると、信長の縁者たちをみずからの居城である日野《ひの》城に避難させていた。そのため、惟任勢は無傷のまま安土の城を手に入れることができた。

義父は城に残されていた財物を家臣たちに分け与えた。秀満も幾何かの金銀を手に入れた。

安土城の本丸広間に、秀満は控えている。惟任家の重臣が広間の左右に分かれて座り、上座には義父が腰を据えていた。

数日前まで信長が座っていた場所である。

義父の背には織田木瓜《もっこう》が彫られていたが、乱暴に取り払い、惟任家の桔梗《ききょう》の家紋が染め抜かれた幔幕を急場として張っていた。

「日向守様におかれましては、此度《こたび》に戦勝、祝着至極《しゅうちゃくしごく》に存じまする」

義父の面前、下座に二人の男が控えている。そのうちの一人、京極高次《きょうごくたかつぐ》が声を震わせながら言った。隣に控えているのは阿閉貞征《あつじさだゆき》である。京極家はもともと近江源氏《げんじ》の名門であり、高次はその惣領であった。信長に仕えていたが、この度、義父の元に降ってきた。阿閉貞征は近江の国衆であったが、織田家に仕え、こちらも義父に同心するために安土を訪れたのである。織田家の一族を安土から逃がした蒲生賢秀は、義父の誘いを退け、城に籠った。

「長浜城を攻めたい」

平伏する二人に、義父が酷薄な声を浴びせる。

長浜城は秀吉の居城であった。これを攻めるということは、秀吉を敵に回すということだ。

「やってくれるか」

尊大に言った義父に、高次たちが追従《ついしょう》の笑みとともに大きくうなずく。

「勿論にござりまする」

二人にとっては、恭順の証《あかし》となる戦である。否応はなかった。

城は速やかに落ちた。もともと、中国攻めに注力している秀吉に、居城を守るだけの兵はなかった。京極、阿閉の攻勢を前に、守兵たちは速やかに退いて、城を明け渡した。

長浜城を手に入れた義父は、備えとして斎藤利三を入れた。

長浜での勝利を安土の城で聞いた義父の元に、都から吉田兼見《よしだかねみ》が現れたのは、その頃のことである。

「都のことを日向守殿に任せたいと、誠仁親王が仰せにござります」

顔に白粉《おしろい》を塗りたくった兼見が、黒い歯を覗かせながら言うのを、秀満は義父のかたわらで聞いた。

都を義父に任せる……。

信長への謀反に対する大義を、帝が義父に与えたようなものだ。これで、義父の行いは謀反ではなく、大義に基づく義挙となった。朝廷に対し、悪逆なる振る舞いを繰り返していた信長を、義父は家臣でありながらも義憤の元に討ち果たした。

大義は我にあり。

惟任家は帝の庇護者となった。

兼見が訪れた翌日、義父は一旦坂本城へと戻り一泊した後、都へと上る。

秀満は。

安土に残された。

備えであると義父は言う。だが、いったい誰に対しての備えなのか。越前の柴田修理は、すでに信長の死を知っていたとしても、越後の上杉に縛られ身動きができない。坂東《ばんどう》を攻める滝川一益が動くとしても、柴田以上の時を要するのは間違いない。第一、秀満とともに安土城に残された兵はわずかで、重臣たちの軍勢が現れれば一戦交えることすらできず、都の義父を頼らねばならぬ有様であった。

これでは物見と変わりがない。都に逃げ帰り、敵の到来を報せるだけなら、秀満でなくとも良いではないか。

憤懣やるかたない秀満の元に、都の様子を探らせていた家臣からの報せが届いたのは、義父が都に入った翌日のことだった。

「長岡殿が裏切っただと」

義父が与力のなかでも最も頼りにしていたであろう長岡藤孝、忠興親子が信長の喪に服するためと称し頭を丸め、城に籠ったという。喪に服するということは、誰にも与しないという意思の顕れである。義父の味方をしないかわりに、他の誰の加勢もしないということだ。恐らく親子で考えに考えた末に出した結論なのであろう。主従の間柄となり、ともに織田家の臣として切磋琢磨《せっさたくま》し、縁者でもある義父を裏切るのだ。生半な決断でなかったことは想像に難くない。

長岡親子が頭を丸めたことを知った義父は、都で藤孝たちにむけて書を認《したた》めたという。同心を求める書なのであろう。もう一度、再考を願う。そのようなことを記したのは間違いない。だが果たして、あの思慮深い藤孝が、前言を撤回して義父の元に馳せ参じるであろうか。秀満は難しいと思っている。

長岡親子が裏切ったという報せからほどなく、義父が藤孝同等に頼りにしていた男の去就が秀満の元にもたらされた。

「順慶殿までもが……」

言葉にならない。

大和の大名、筒井順慶が兵とともに居城である郡山城に立て籠もったというのだ。

当初、順慶は、義父に加勢するために家臣たちに兵を与えて出兵させていた。しかしそれを引き留め、帰国させるとともに、みずからも兵とともに居城に籠ったのだということ。

あきらかな変節である。

中川清秀や高山右近が都に到来したという話も聞かない。

どれほど時を経ようと、帝に大義を与えられようと、義父の元には他家の将が集ってくることはなかった。

そんな最中、追い打ちをかける報せが都よりもたらされた。

「な、なにを申しておる。そのような戯《たわ》けた話があるものか」

安土城の広間で秀満は思わず立ち上がり、報せをもたらした男を見下ろしながら、うわ言のようにつぶやいた。

男が口にした言葉を聞いて初めに思ったのは、絵空事《えそらごと》だということである。

ありえない。

頭が理解できないのだ。まったく考えてもみなかったことを、男が口にしたものだから、気持ちの整理がつかない。

「真にござりまする。敵はすでに尼崎まで到来しておりまする故、間違うはずもござりませぬ」

「あ、あの猿が……」

中国の毛利を攻めていたはずの秀吉が、二万の兵とともに尼崎まで戻ってきたというのである。

秀満が義父とともに信長を討ってから、まだ八日ほどしか経っていない。その間に毛利と和睦し、兵を纏《まと》めて畿内まで戻って来るなどということは、惟任家の誰も考えていなかったはずだ。

恐らく義父も、秀吉との戦はまだまだ先のことと考えていたであろう。現に義父は、都に着くと、しばしの休息の後に四国征伐の支度に取り掛かっていた三七信孝と惟住長秀を攻めるために兵を河内《かわち》に進めていた。

信じられない。

義父にとって誰よりも恐ろしい男が、誰よりも先に戻って来た。

織田家のなかで本当に恐ろしいのは、柴田勝家でも惟住長秀でも滝川一益でもない。

羽柴秀吉だ。

裸一貫から織田家の宿老にまで成り上がったという経歴は、義父と似通っている。だが、まがりなりにも武士であった義父とは違い、秀吉は百姓であった。下人同然で織田家に入り込み、その才のみで織田家で五本の指に入るほどの男になったのである。

抜け目のない男だ。

だからこそ、この機を逃してはならぬとばかりに、誰よりも早く畿内へと舞い戻って来た。

信長を討った義父と相対し、勝利を収めるためになにが一番大事であるか。

時である。

畿内一円を義父が固めるより先に、混乱を来した織田の家臣たちを有能な宿老である者が取りまとめる。それを義父は、最も恐れたはずだ。

有能な宿老。

秀吉である。

「義父上はいま何処におられる」

報せをもたらした男に問う。

「筒井殿に同心を求めるため洞《ほら》ヶ峠《とうげ》に兵を進め、面会を求めましたが、筒井殿は現れず、そうこうするうちに秀吉の到来を御知りになられ、急遽下鳥羽《しもとば》に戻られ、淀城と勝龍寺城の普請を兵たちに命じられました」

「そうか」

淀城は淀川の中州に築かれた城である。川を渡った天王山の麓《ふもと》に勝龍寺城は築かれていた。この辺《あた》りは山崎と呼ばれ、天王山と淀川に挟まれた隘路となっている。義父は、都を目指して北上してくる秀吉を、この地で迎え撃とうという算段なのであろう。

「行く」

「な、なにを……」

上座を降りて、男を突き飛ばし、秀満は広間を出た。

安土などで、じっとしていられるはずがなかった。

変事を聞きつけた家臣たちが廊下に群がっている。

「御待ち下され左馬助様っ！」

男たちが壁を成す。

「退《ど》け」

瞳に殺気を宿し、秀満は大股で廊下を歩む。

戦なのだ。

義父の天下取りのための。

こんなところで指をくわえて見ているなど、秀満には耐えられるわけがない。

「左馬助様っ！」

大手を広げた男たちに、正面からぶつかって行く。

「退かぬか」

額に青筋を浮かべ、秀満は分厚い肉の壁を押す。

「義父上の元に行かねばならぬ」

食い縛った歯が鈍い音を立てる。

「なりませぬっ！」

長年秀満の腹心として支え続けてきた男が最前列に立ちはだかりながら怒鳴った。正面からぶつかって秀満より上で、武張ったことより政に才を有する男だ。正面から
年はひと回り以上も秀満より上で、武張ったことより政に才を有する男だ。正面からぶつかって秀満を止めるような力はない。しかし男は、背後に大勢の同朋を引き連れ、その先頭で秀満の力を受け止めている。肩で押す秀満の肉の向こうで、男の肋《あばら》がぼきぼきと折れる音が聞こえた。それでも構わずに、秀満は押し続けるし、男も苦悶《くもん》の色を顔に微塵も浮かべずに必死の形相《ぎょうそう》で主を諭す。

「ここより山崎の地までは十七里あまりっ。馬で駆けても二日はかかりましょう」

「構わぬっ！」

肉の壁が秀満の強力でじりじりと廊下を後退してゆく。

何日かかろうと構わない。この城で戦の結果を聞くなど堪えられない。

死ぬならば義父とともに……。

押す。

「御聞き下され左馬助様っ！」

「聞かぬ」

言いながら押す。

背後からも男たちが殺到する。前後から挟みこまれた秀満は、家臣たちに包まれ身動きが取れない。

「退けっ！」

拳を男達のなかから引き抜き、目の前で叫ぶ男に振り下ろす。

男は秀満から目を逸らしもせず、殺意の拳を鼻っ面で受けた。めちりという鼻骨が潰れる音がする。それでも男は拳の左右からのぞく瞳を主にむけたまま一歩も引かない。

おもわず秀満は背に寒気を覚えて、拳を引いた。

「御聞きくだされ」

鼻から滝のように血を流しながら、男が告げる。

秀満は男たちに囲まれたまま、男の言葉を待つ。

「まだ殿が敗れた訳ではありませぬ。この城を守ることは、左馬助様に任された務めにございまする。命に背き山崎に現れたとて、殿は左馬助様を用いますまい」

男の言う通りだ。誰よりも規律に厳しい義父のことである。どれだけ秀満が望もうと、義父は参陣を認めないだろう。

「万一、殿が御敗れになられた時、この城に戻られることもございましょう。安土城は堅城にございまする。この城に籠り、秀吉ともう一戦ということもありましょう。この城を死守するため、殿は最も信の置ける左馬助様を置かれたのです。どうか……。どうか、軽挙は慎まれませ」

虚空に浮かんでいた拳が、力無く落ちた。

「放せ」

男を見るでもなく告げる。秀満の変心を悟り、肉の圧が次第に和らいでゆく。

義父は敗けぬ……。

心に強く念じ、秀満は血塗れの顔を見た。

「済まなんだ」

頭を下げる。

涙が零れた。

伍　高山右近重友

富田の地は、織田の兵たちの集結の地となった。

三七信孝の織田木瓜以下、惟住の直違《すじかい》、池田の蝶《ちょう》、中川の柏《かしわ》、そして……。

羽柴の桐《きり》。

方々にはためく諸将の旗を眺めながら、高山右近重友は風雨に打たれていた。秀吉が摂津に到来してからというもの、雨が降り止まない。たまに雲が切れることもあるが、しばしの休息にしかならず、ふたたび天は大粒の涙をこれでもかと流して泣き続ける。

まるで信長の死を悲しむように。

第六天魔王と呼ばれた男の死を、天が悲しむはずがないと右近は思う。

異国の神を信奉する右近にとって、信長が多くの仏徒を殺したことを責めるつもりはない。仏を信じる者を殺したから罰《ばち》が当たる。天魔の所業であるなどと言いたいわけではないのだ。

人を殺した。

それがすでに罪なのだ。

仏徒であろうと武士であろうと民であろうと関係ない。人を殺めた時点で、魔道に落ちているのだ。神に背く行いなのである。

だから特別、信長が悪いわけではない。信長が天魔なのだとしたら、右近だって同類である。武士として、高山家の惣領として、領国を守護しているのだ。当然、多くの人を殺めている。切支丹《キリシタン》になってからは、みずからの手で人を斬ることはなかったが、それでも家臣に命を下して人を殺めることはある。そうせねば、人を統べることなどできはしない。武士として生きるためには、必要な悪行なのである。

だからといって……。

許される訳ではない。

罪は消えない。

審判の日まで。

だから恐らく、右近は死した後に煉獄《れんごく》の地に堕《お》とされるだろう。宿業《しゆくごう》とはそういうものだ。後悔してもはじまらない。

雨が頬を濡らす。

涙のように。

「何故に愚かな真似をなされた」

下鳥羽に陣を布いているという光秀の物憂げな顔を脳裏に浮かべ、問う。

思えば、右近が与力として仕えた者は、両人とも信長を裏切った。

織田家に仕えはじめて間もなく、摂津の領有を任されていた荒木村重の与力となることを命じられた。しかし村重は、突如として信長に反旗をひるがえした。右近は与力でありながら、その企みには従わず織田家に降った。村重は頼みとしていた与力たちに背かれ、城を包囲され敗れた。

そして、光秀である。

光秀は右近たち与力になんの相談もなく、突如として本能寺を襲い、信長を殺した。右近にとって光秀の謀反はまさに寝耳に水であった。

もはや天下は信長の下に治まる。織田家の臣でなくとも、誰もがそう思っていたに違いない。光秀は、織田家が天下を手中に収めた後、その頂《いただき》の側に侍るべき男であったはずなのだ。柴田や惟住を抑え、羽柴秀吉とともに信長の左右に控える光秀の姿を、右近は夢想していたし、おそらく織田家の多くの者がそう思っていたはずだ。

殺すことはなかった。

右近は、いまだに光秀の心根が理解できずにいる。

気の迷いなどと吐き捨てられるようなことではない。信長という男を失い、天下はふたたび誰の手に収まるかわからなくなった。もしも光秀が、己の手に収まると思っているのなら大きな間違いである。もはや誰にも、この先の天下の趨勢《すうせい》は読めなくなった。

その混乱の元凶こそ、惟任光秀なのである。

安定を恐れるような男でもなかった。右近はそう信じて疑わない。どちらかといえば、秩序を好む男だった。左義長や都での馬揃えなど、多くの催事を滞りなく遂行せしめるためには、細緻《さいち》にわたって秩序の網を張り巡らせるような気の細やかさがなければ成し得ない。静謐《せいひつ》な秩序にて治められた天下こそ、惟任光秀という男が一番好むこの世の形であったと右近は信じて疑わない。

それを壊したのが、光秀本人だったとは……。

右近は目を閉じ、雨に濡れる兜《かぶと》に触れた。

梅雨の蒸し暑さが、湿気となって鼻と口を覆う。鎧の中まで染みこんだ雨が汗に混じって肌に衣を張り付かせる。不快であることこのうえない。しかし庇《ひさし》も笠も無用である。何故なら、どうせ今から存分に濡れることになるのだから。

昼間に行われた軍議で、右近は先陣を任されることになった。右近同様、光秀の与力であった中川清秀とともに。右近は山崎の街へ、清秀は天王山へと兵を進める手筈になっている。

ともに光秀の与力でありながら、秀吉の元へと走った。身の潔白を示すためにも、先陣だけは誰にも譲れなかった。富田での評定の席上、池田恒興が先陣を買って出ようとするのを清秀とともに止め、秀吉に乞うての務めであった。

滑稽極まりないと右近は思う。

何故、己と清秀が秀吉に潔白を示さなければならないのだろうか。元はといえば右近たちも秀吉も織田家の臣である。つい十日ほど前までは、敵も味方もなかったのだ。信長を主として、織田家の天下一統のために邁進してきたはずである。

光秀の与力であったというだけで、何故右近と清秀が疑われなければならないのか。謀反を打ち明けられてすらいないのだ。たしかに謀反の後、光秀から同心を求める書状が届いた。信長の非道を許せなかった。己が天下を担う時には、それなりの領地を用意する。与力であった好《よしみ》で同心してもらいたいという内容の書が、幾度も送られてきた。

そのことごとくを、右近は黙殺した。

光秀の元に馳《は》せ参じようと考えなかったかといえば嘘になる。

信長が光秀に討たれたと知った時、右近の脳裏には摂津で孤立する己の姿が浮かんだ。長岡藤孝、筒井順慶、中川清秀をはじめとした大和、丹波、摂津の大名たちは、すでに光秀の謀議に加わっており、知らされていないのは己だけだと思わぬでもなかった。孤立するくらいなら、光秀の元に参じる。高山家を守るためにはそれしかない。

そこまで考えた。

だが、時とともに様々なことが知れるにつれ、光秀は惟任家単独で決起しており、諸国の大名たちは寝耳に水であったこと。筒井順慶は兵を出したが、長岡家は沈黙を保っていることなど、情勢は決して光秀に傾いていないことが知れると、右近は密かに戦支度を進めながらも、沈黙を貫いた。

そうこうするうち、西国から驚くべき書状がもたらされたのである。

〝信長様は生きて都を逃れておられる。我等は急ぎ西国より戻ってきておる故、ともに逆賊光秀を討つべし〟

羽柴秀吉からの書状であった。

祐筆の筆であろう流麗《りゅうれい》な字が並ぶ書でありながら、秀吉の熱が伝わってくる文言が並んでいた。

信長様は生きて都を逃れておられる……。

熱い言葉の数々よりも、この一文が右近の心に楔《くさび》となって深く突き刺さった。

考えてもみなかったことだった。すでに信長は光秀の手にかかって死んでおり、織田家の惣領であった信忠も二条城で討死している。頭からそう信じて疑わなかった。

しかし考えてみると、信長、信忠親子の首が晒されたという話は聞かなかった。もし、光秀が信長の御首級《みしるし》を得たのなら、晒さぬわけがない。奸賊《かんぞく》を討ったと高らかに宣言するつもりならば、往来に首を晒さなければならぬ。晒すことで、仕留めた証となさなければ、征伐も謀反も完全なる達成を遂げたとはいえない。

そう考えると、光秀は信長の首を得ることができなかったのであろう。たとえ、本能寺で信長が死んでいたとしても、これほどの失策はない。

現に、右近の心は真偽不明な秀吉の言葉に、はげしく揺さぶられている。本当に信長は生きているのではないのか。己が死んでいると皆が信じているこの機に、誰が本当の味方で、誰が面従腹背《めんじゅうふくはい》の裏切り者かを見極めようとしているのではないか。秀吉は信長によって、家臣たちを選別する任を仰せつかっているのかもしれない。疑念は日を追うごとに大きくなってゆく。

「中川殿が動かれた模様っ！」

近習が甲冑を濡らしながら、面前に片膝立ちになって言った。

「動いたか」

一陣は右近率いる高山隊。清秀の中川隊は二陣であると秀吉は明言していた。清秀は右近が動くのを待って、兵を動かすのが道理である。

「焦りおって」

清秀は右近を待っていられなかったのだ。父同士が兄弟ということで、右近と清秀は従兄弟の間柄である。言葉を交わさずとも、清秀の考えていることは手に取るようにわかった。

秀吉の書状を得て、右近が去就を定めかねている中、清秀から遣いが来た。

共に秀吉に加勢いたそう……。

清秀はそう右近を誘ってきた。

信長が生きているという書をもらい、清秀は居ても立ってもいられなくなったのだろう。日一日と心中で大きくなってゆく信長への恐怖が、秀吉に従うという選択をさせたのだ。

もしもここで申し出を断われれば、小心な清秀のこと、秀吉への土産《みやげ》に襲われかねない。清秀と一戦交えることになれば、たやすく敗けてやるつもりはない。戦が膠着《こうちゃく》すれば、じきに秀吉が到来する。秀吉が率いてくる大軍にはさすがに抗しきれない。

秀吉に付くべきである。だが、まだ決心がつかない。敵は光秀だけではない。長岡、筒井という惟任家と縁続きの大名たちの動向が気になる。

迷う右近に、清秀はこうも言ってきた。

筒井殿はすでに秀吉と通じている。長岡藤孝も動くつもりはない……。

敵は惟任家のみだと、清秀は暗に告げていた。

是非もなし。

右近は腹を決めた。

秀吉が尼崎に到着した機を見計らい、清秀とともに羽柴家の陣所を訪ねた。秀吉は快く右近たちを幔幕の裡に招き入れ、加勢を喜び、何度も頭を下げた。二人が味方をしてくれれば百人力千人力じゃと芝居気たっぷりに言いながら、終始上機嫌であった。

「我等も行くぞ」

近習に告げる。

右近が命を発すれば、兵は速やかに山崎にむけて動く手筈になっていた。周りに侍る男たちが足早に去ってゆくのを見計らい、右近も歩を進める。従者が栗毛の愛馬の口を取り、姿を現す。忙しなく取り払われてゆく幔幕を前に、鐙《あぶみ》に足をかけて一気に鞍《くら》に上る。

「出陣じゃ」

馬とともに戻って来た近習たちに向かって告げる。応という声の波を総身に受けながら、右近は馬腹を蹴《け》った。

右近が動かなければ、清秀は先陣を奪ったことになる。抜け駆けの功は賞されず、責めを負う。そんなことは百も承知で、清秀は兵を動かしたのだ。

早く行くぞ……。

無言のうちに右近を急かしている。

ともに村重の与力であった。村重の元を去る時も一緒だった。光秀を見限ることも、二人で決めた。一蓮托生という想いが、右近の心のなかになくもない。だが、高山家と中川家は縁続きとはいえ、別家である。生死まで共にするつもりはない。

「急げ、中川勢に遅れを取るなよ」

兵を急がせる。

清秀が抜け駆けの責めを負わぬように。と、清秀に会った時には言ってやるが、本心としてはこのまま清秀に先を越されるのは癪《しゃく》に障《さわ》るという子供じみた理由からの言葉だった。

天王山は今回の睨み合いのなかでも、随一の要衝である。

両軍の兵は隘路となった山崎の地に密集することになるはずだ。その際、山崎の街を一望できる天王山に兵を置くことができれば、隘路で隊列が細くなった敵を逆落として襲うことも可能である。

恐らく光秀も天王山をそのままにしておくわけがない。

清秀が焦る気持ちもわかる。

だからこそ。

右近は清秀よりも先に山崎の地を占拠しなければならない。山崎の地に入るすべての道を封鎖して、北から下ってくる敵を阻むことが、先陣である右近の務めであった。

寡兵《かへい》である敵は、攻めてくるしかない。城に籠ってこちらを迎え撃とうとしても、後詰は現れない。羽柴勢の二万に、高山、中川、池田等の兵が加わり、明日には信雄

りという。

と惟住も集うことになっている。四万になろうかという大軍だ。

斥候《せっこう》によれば、対する惟任勢は謀反の後に加わった京極、阿閉らを合わせ一万あまりという。

四倍もの敵に囲まれれば、城に籠ったとしてもひとたまりもない。

光秀が勝ちを諦めていないとすれば、かならず攻めてくる。

軍議の席でそう語った時の秀吉の目には、表も裏も知り抜いた長年の宿敵と相対しているかのごとき自信の閃きが宿っていた。

光秀が全軍で攻めてくるとすれば、山崎の地は激戦となる。右近の働きが、勝敗を決するといっても過言ではなかった。

兵たちが街道を進んでゆく。陽が暮れる頃には山崎の街に入りたかった。

陽が西に傾く頃になると、さすがに雨に冷たささを覚える。もう何日と晴れ間を見ないから蒸し暑さも和らいで、朝夕は寒さを感じるほどだった。夏風邪をひかぬよう心掛けよと兵たちに命じているが、連日屋根もなく野ざらしで眠っているから、病を得ている者も少なくはない。だからといって、使い物にならぬでは話にならない。いかなる時でも戦となれば槍を取り、敵めがけて駆けてこそ、武士は功名を得ることができる。

殺せ……。

熱で朦朧《もうろう》とする者に、右近は非情な命を下すのだ。たとえそれが切支丹の教えに背く行いであっても、明日は迷うことなく采配を振り兵たちを死地に誘《いざな》うだろう。

地獄に堕ちる。

そうとわかっていながら、それでも右近は武士であり続ける。ハライソに召されることが許されぬ身であっても、右近は切支丹であり続ける。

それが己の歩むべき道だと思い定めていた。

小さく開いた唇の隙間から、ゆっくりと息を吐く。黒い兜の庇から雨の滴がいくつもいくつも零れ落ちる。薄く開いた肉の間に滑り込んだ雨が、口中を濡らす。舌で感じる雨は、兜を撫でた所為で金気《かなけ》臭い。

血を思い出す。

左手を手綱から放し、口許を拭う。

本音を言えば、右近は戦場などに出たくはなかった。兵たちに殺せと命じることも、この手に太刀を握ることも、できることならやりたくはなかった。

武士に生まれたから……。

高山家の嫡男として生まれたから、右近はその手を血に染めた。摂津の小国人の家に生まれたからには、その家を守らなければならない。それが、右近に与えられた絶対無二の宿命なのだ。切支丹の教えなど関係ない。高山家を守り立てることこそが、右近生涯の務めなのである。

だからこそ、切支丹の教えに魅かれたのかもしれない。

人に上も下もない。

父と子と聖霊の下に、人はみな同じ。神を信じる者は誰であっても救われる。崇《あが》めさえすれば、かならず神は救いの手を差し伸べてくれるのだ。

「神よ」

口許を拭った手を鎧の胸の辺りに当てる。硬く冷たい鎧の奥には、クルスに架けられた救世主《すくいぬし》がいる。雨に濡れた衣と肌の間で、気高き異国の男は、すべての民の罪を一身に背負い、その身と命を捧げ救世主となった。

私の罪も背負ってくれますか……。

鎧に当てた手に力が籠ってゆく。胴に押されたクルスが、右近の胸の肉を歪める。心地よい痛みを胸に感じながら、この痛みこそが血に汚れ、今からまた汚れようとしている己に対する罪なのだと思う。そう思うと、自然と掌に力が籠ってゆく。ぎしぎしと鎧が悲鳴を上げ、クルスが肉を押しこみ、痛みが増す。

救世主よ、我が胸にクルスの刻印を与えよ……。

右近は天を見上げ、掌で胸を押す。

荒木村重。

惟任光秀。

己に助けを求めてきた者たちを、いったいどれだけ裏切れば、己は救われるのだろうか。

いや……。

裏切る度に、右近はハライソから遠ざかってゆくのだ。決して救われはしない。

「ならば、いったいどうすれば良かったと言うのです」

黒雲に覆われた天に問う。

村重に従っていれば、今頃高山家は信長によって滅ぼされていた。

光秀とともに戦っていれば、今頃四倍もの敵を前に震えていたことだろう。

すべては高山家のためだ。

己に助けを求める者の手を払い、屍《しかばね》の山を築き、我が身と家を守っただけだという言い訳を口にしながら愚かな顔を晒して生きて行く。それが、右近の求める生なのか。切支丹の生き方なのか。

違う……。

ぶち、と胸の辺りで音がしたと思った刹那、今までよりも鋭く尖った痛みが胸から脳天へと駈け上った。

皮が裂けたのだ。

それでも右近はクルスを胸に押し込み続ける。

主の異変を感じ取ったのか、それまで前に前にと歩を進めていた愛馬が、その場で地団太を踏みはじめた。

「大事ない」

ささやき、クルスを押し込まぬ方の手で首筋を撫でる。それから再び手綱を握ると、股に力を込めて愛馬の胴をやさしく締めながら馬腹を蹴った。するとまた、栗毛の足を前に出して、道を歩み始める。

右近の槍を持ち、馬の口を取る下人がちらちらと鞍の上に視線を送っていることに、気付いた。三十一の右近よりふた回りも年嵩な下人は、すべてが小ぶりで豆のような老人である。右近が幼年の頃から、側に付き従う家族同然の男であった。

「甚吉《じんきち》」

下人の名を呼ぶ。呼ばれた翁《おきな》は、へぇ、とひと言返すと主の言葉を待った。

「神は見ておるだろうか」

切支丹ではない甚吉に問う。

明確な答えなど求めてはいない。案の定、甚吉は儂にはわかりません、と短く答えるだけで、前を向いて馬の口を取る。

「我のことを許してはくれぬだろうな」

幼い頃からともにいるから、この男の前でだけは素直な気持ちを口にできる。

「そんなこたねぇ、右近様はきっと天に召されやしょう」

甚吉の口から天に召されるなどという言葉を聞いたのは初めてだった。切支丹ではなくとも、右近の側に従っていれば自然と言葉くらいは覚えるのだろう。苦悶する主を前にして、なんとかその気持ちを和らげようと知恵を絞って投げられた言葉が温かい。

「済まぬ」

痛む胸から手を放し、右近は甚吉に礼を述べた。従順な下人は、聞かなかったという素振りで、前を向いて歩き続ける。

兵たちの足取りが少しだけ重くなった。

もうすぐ山崎に着くのだ。

山崎に至れば、後は戦あるのみ。かつて与力として従っていた男と死力を尽くして戦うことになる。

惟任日向守光秀……。

弱い敵ではない。

かつて比叡山に籠る僧侶たちを、信長の命の下、ためらいもなく焼き払った男である。あの時、織田家の家臣たちは皆、信長に従い山を焼き払う片棒を担いだ。だがその中でも、光秀の働きは突出していたという。誰よりも先に山へ入り、逃げ惑う僧侶たちを片っ端から斬って捨てたという噂は、織田家じゅうに鳴り響いた。

主のためなら坊主や女子供でも喜んで殺す男だ……。

比叡山の焼き討ちの功によって城を与えられた光秀のことを、織田家の者たちはそう言って悪しざまに噂した。

たしかに、本心の読めぬ男ではある。

与力として従ってはいたが、右近は一度たりとも光秀の心の奥を覗くことはなかったように思う。常からの笑みがそれを拒んでいるのか、それとも元から光秀という男が心に余人が立ち入ることを嫌っているのかわからない。もしかしたら右近自身が、光秀と深く関わろうとしなかっただけなのかもしれぬという気もする。いずれにせよ、右近はいまだに惟任光秀という男の実像をつかめていなかった。

だからこそ、不安が消えない。

四倍もの兵であっても、謀反人の討伐という大義名分を得ようとも、心のどこかで光秀という男を恐れている。秀吉でさえ見落としていることがあるのではないか。圧倒的な兵の差をくつがえすなにかを、光秀は有しているのではないか。でなければ、勝敗の見えた戦にあの男が臨むわけがない。

斥候の話によれば、明智秀満が戦場にいないという。

秀満といえば惟任家きっての猛将である。その秀満の旗が、勝龍寺城の周囲に集う軍勢のどこにも見当たらないというのだ。近江じゅうに散らばる秀吉の物見の報せでは、秀満は安土の城を任されているらしい。

後詰……。

しかし山崎と安土はひと晩で駆けられる距離ではない。この地で戦がはじまったからといって、兵とともに奇襲をかけるなどという策は弄《ろう》せないはずだ。

だとすれば、安土を守っているということすら虚報で、本当は山崎の周囲に潜み、こちらの隙をうかがっているのではないのか。

狙いは秀吉か。それとも三七信孝か。

いまさら本陣に戻ってどうするというのか。右近に与えられた務めは、一刻も早く山崎の地を押さえ、敵の到来に備えることだ。

馬上で振り返る。

「よもや」

背後に向けていた顔を左方にやる。

黒雲に沈む山影に目を凝らす。

闇に包まれた天王山には、明かりひとつなかった。今頃、清秀たちは松明《たいまつ》も持たず息を殺して山肌を登っていることだろう。

行く末から馬が駆けて来る。

鞍から降りもせず、男が叫ぶ。

「先頭が下山崎へと入り申した。敵は見当たりませぬっ！」

「かねてからの手筈どおり、街へ入った隊から速やかに四方に散り、一帯を押さえよ。民はおらぬとは思うが、見つけたら手荒な真似はせず、兵を付けて街を出るまで守ってやれ」

戦が行われるという噂を耳にすると同時に、民は街を離れているはずだ。誰も刃の餌食《えじき》になって死にたいなどとは思わない。この辺りに所領を得た者の戦であれば、主を頼って民が城に入ることもあるが、今度の戦は所領を争うものではない。頼るべき侍のいない民は、刃の届かぬ場所まで逃げるしかなかった。

「殿っ！」

新手の騎馬が駆けて来る。見慣れた顔は、先行させていた近習の一人であった。

「如何した」

馬を止め、鞍から降りて片膝立ちになった近習に馬上から声をかける。

「天王山で戦が始まった模様」

「なに」

馬を止めたまま左方に目をやる。

先刻まで黒々とした山塊でしかなかった天王山にぽつぽつと明かりが灯っていた。

言われてみれば、かすかに喊声《かんせい》が聞こえてくるようでもある。

近習に視線を戻して、心穏やかに問う。

「山崎はどうじゃ」

「敵兵は見当たりませぬ」

「ならば、我等がやることは変わらぬ。速やかに街を押さえ、敵の動きに気を配るのみぞ」

「後詰は」

清秀の加勢に駈けつけなくて良いのかという若い近習の素直な問いに、右近は穏やかな笑みのまま首を振る。

「あの明かりじゃ。恐らくは物見に出ておった敵とぶつかったのであろう。小競り合いじゃ。気にするでない」

「はっ！」

主の言葉を聞いた近習は、軽やかに鞍に飛び乗り山崎の街へと駆けてゆく。

小競り合いで間違いない。

右近の勘がそう告げていた。

光秀という男の本性をつかむことはできなかったが、気性ならば右近にもわかる。

あの男は、己の命運を左右する戦を、こんななし崩しのような形で始めはしない。

山崎と天王山にこちらが布陣することは、すでにつかんでいるはずだ。恐らく清秀と戦っている兵たちは、功に目が眩んで先走った愚か者たちであろう。

でなければ……。

右近は納得が行かない。光秀がこんな些末な戦の始め方をするような男ならば、右近はこれほど思い悩まない。

浅薄な男が戯れに主を討った。成り行き上、織田家と敵対しなくてはならなくなり、どうしようもなくなって秀吉と対峙している。後先など考えず、ただただ目の前のやりたいことをやっているだけ。

そんな謀反人ならば、とっくの昔に死んでいる。

長岡藤孝や筒井順慶が沈黙することもなく、右近や清秀もわざわざ秀吉の到来を待つこともなかった。第一、帝が都のことを任すなどと言うはずがない。

光秀だから。

惟任日向守光秀という男が織田信長を討ったから、これほどの大事になっているのではないか。

「我を……」

行く末のはるかむこう。

光秀がいるという勝龍寺城を見据える。

「失望させてくれまするな」

右近の願いが届いたのか、天王山から聞こえていた争いの声はすぐに止み、高山勢は滞りなく山崎の街を支配下に置いた。

右近は一兵も失うことなく、決戦の地に辿り着いた。

雨が降り止まない。

山崎の地で一夜を明かした。

敵はまだ動かない。

天王山には中川勢の旗がひるがえっている。昨夜の小競り合いが嘘のように、山は静謐を取り戻していた。

「惟任勢の本軍が動いた模様」

僧の消えた寺の本堂に定めた陣中で、右近は伝令の言葉を静かに聞く。

「御坊塚《ごぼうづか》に陣を定めたとのこと」

「大儀」

右近の言葉を耳にした伝令が、素早く身をひるがえして姿を消した。

「そろそろですな」

脇に控える白髪の男が言った。高山家に長年仕える男である。

すでに昼を過ぎ、夕刻になろうとしていた。空を覆う雲は厚く、これでもかというほど雨粒を降らせ続けている。

一夜明け、山崎の地に布陣した右近の周囲に、続々と軍勢が集っていた。

高山、中川両家に先陣を奪われた池田勢を筆頭に、堀秀政《ほりひでまさ》、神子田正治《みこだまさはる》、黒田官兵衛孝高と続き、今朝合流を果たしたばかりの惟住長秀が羽柴秀吉とともに続く。

総大将は信長の三男、三七信孝ということになった。

だが、誰の目にも、この軍勢の実質の大将が秀吉であることは明らかだった。秀吉が驚くべき速さで備中から舞い戻ってこなければ、これほど速やかに、光秀と決戦に臨めはしなかっただろう。惟任方が万全の態勢を整える間もなく勝龍寺城に集わざるを得なかったのも、誰も予想しなかった秀吉の動きの所為であった。

この戦は、羽柴秀吉と惟任光秀の戦なのである。

光秀が勝龍寺城の南西に位置する御坊塚まで本陣を進めた……。

機は熟した。

立ち上がる。

「いつ敵が攻めてくるやもしれぬ。備えを怠るな。我も出る」

「応っ！」

左右に控える重臣たちも立ち上がり、右近の言葉に気迫のこもった声で応える。

本陣を出て馬に乗り、隊列を成す兵の前に出るとすぐに遠くから銃声が聞こえた。

「始まったか」

音のした方に天王山がそびえている。どうやら中川勢に敵が仕掛けたようである。

「押すぞっ！」

振り上げた右手を下ろすと同時に、兵が大波のごとく進みはじめた。味方の背後で、右近は馬を進める。

山崎の街を行く右近率いる高山勢の脇を抜けるようにして、背後から味方の兵たちが天王山にむけて進む。

神子田正治、黒田孝高、羽柴秀長らの手勢である。天王山を守る清秀の後詰であった。

右近は山崎の街を進む。

先陣である。

遅れを取るわけにはいかない。

後方からは池田恒興、加藤光泰《みつやす》、中村一氏《かずうじ》らの手勢が迫って来ていた。彼等とともに隘路にひしめき合うことになれば、敵の思う壺である。

「駆けよっ！　迎え撃つ敵を押し退け、隘路を抜けるのじゃっ！」

敵の壁さえ抜けてしまえば、下鳥羽に続く平地が広がっている。そこまで出れば、光秀の本陣を襲うことも、隘路に押し込もうと躍起になる敵と相対する味方ととももに、挟み撃ちにすることもできるのだ。

とにもかくにも、ひたすらに突き進むしか道はない。たとえそれが罠《わな》であろうと、高山勢に与えられた道は前進しかなかった。

前方で喊声が上がる。

いや……。

悲鳴にも近い声が沸き起こった。

「斎藤勢にござりますっ！」

右近を守る近習が、前方に見える旗を見定めて叫ぶ。

斎藤利三は、明智秀満とならぶ惟任家きっての剛の者である。織田家における光秀の武功の多くは、利三と秀満の二人の力によってもたらされたといっても過言ではない。

「押せっ！」

明らかに敵の圧が味方の前進を阻んでいる。先刻まで淀みなく運ばれていた愛馬の足が、動かなくなった味方を前にして、ぴたりと止まった。

「ええい、なにをしておるっ！」

叫ぶ右近の視界の両脇を、堀秀政や池田恒興の手勢が抜けてゆく。

ともに斎藤勢にぶつかる。

なのに。

敵はびくともしない。それどころか、味方がじりじりと隘路のほうへと押されている。

「なんじゃ。なにが起こっておる」

悲鳴じみた声を上げながら後退を続ける味方の背中を眺めながら、右近は呆然とつぶやいた。

天王山の帰趨《きすう》など、もはや眼中にない。目の前の敵を打ち崩すことだけで頭が一杯だった。

いや違う。

打ち崩すことなど考えられる余裕すらない。

なにが起こっているのか理解が追いついていなかった。

容易に打ち砕けるはず……。

どれだけ光秀を侮ってはならぬと思っていたとはいえ、四倍もの数の差があるのだから、苦戦するはずなどないと高を括っていた。だがそれが、大いなる勘違いだということを、まざまざと思い知らされている。こんなはずではない、こんなはずではない。斎藤勢に押されながら、心のなかで右近は必死につぶやいている。

「押せ、押すのじゃ」

右近の言葉など誰も聞いていない。目の前の敵を押すことだけに必死で、もはや隊としての働きを見失っている。

池田、堀、いずれの手勢も敵を攻めあぐねていた。斎藤勢を包囲せんとしながらも、それを阻まんと集う惟任勢に横槍を入れられ、思うように兵を動かせずにいる。藤田《ふじた》行政《ゆきまさ》、阿閉貞征らが、斎藤勢の後詰となって、懸命に働いている。

阿閉貞征は、右近と同じ光秀の与力であった。縁の糸がわずかでも違えていれば、味方となっていたかもしれぬ男である。それが今、敵として相見《あいまみ》え、右近とその手勢を屠《ほふ》らんと迫って来る。

これぞ戦国。

これぞ乱世。

信長の下で治まろうとしていた天下が、ふたたび乱れようとしている。その只中に、右近は放りだされ、時という奔流《ほんりゅう》に流されまいと必死に抗う。

「甚吉」

ひしめき合う兵の群れのなかに見える下人の名を呼ぶ。手綱から左手を離し、今にも泣きそうな老人へと伸ばす。

「う、右近様……」

「槍じゃっ！」

下人の心を思いやっている暇はない。苛立ちを隠しもせずに怒鳴る。甚吉は震える手で槍の鞘《さや》を払い、柄を差し出す。黒々と磨かれた柄を握りしめ、小脇に挟み、前方の敵をにらむ。

馬を走らせ最前線へ躍り出るような芸当はできない。数え切れない戦いのなかで、己の武のみに頼ったことは一度としてなかった。

これだけの乱戦である。なにが起こるかわからない。己が身は己で守る。そのための槍だ。みずからの手で戦局を切り開くことなど、右近ははなから考えていない。

右手で胸を押す。

鎧の下、首から下がるクルスが、まだ塞がらぬ昨日の傷を押して尖った痛みを放つ。

生きている……。

強く強く胸を押して、みずからの生を確かめながら、右近は目の前の修羅場《しゅらば》を凝視し続ける。

今なお後退は続いていた。寡兵を相手に攻めあぐねている。拮抗《きっこう》しているとしても、兵の多寡《たか》を考えれば押されていると言って良い。明らかに味方は後退し、山崎の街から隘路へと押し込まれようとしていた。どれだけ後続の惟住や羽柴の軍勢が戦いに加わろうとしても、淀川と天王山が邪魔をして、前線で戦う高山、池田、堀らの軍勢の前に出ることは叶わない。

「よもや……」

このような事態は考えてもみなかった。

あの惟任光秀のことである。奸智を弄し、我等を手玉に取るのではないか。秀満の姿が戦場に見えないのも、策のためやもしれぬ。右近の懸念はそのあたりにあった。まさか、正面からぶつかってくるとは。しかも、寡兵であることを隠しもせずに、正々堂々攻め寄せて来て、そのうえで数の不足をくつがえす勢いを見せている。

「信長か」

胸を押す手に力が籠る。

寡兵の不利を覆す戦といえば、右近は真っ先に信長が戦った桶狭間《おけはざま》を思い浮かべる。敗北必至の兵力差を、信長は雨中の行軍により覆した。勝ちを確信して慢心していた今川《いまがわ》勢の本陣を攻めたて、大将今川義元《よしもと》の首を獲った戦である。

己が殺した主のように、いま光秀は寡兵でありながら堂々と戦っている。

しかも雨……。

不意に不安になって、右近は振り返った。

秀吉、そして三七信孝。

味方の要である二人のうち、いずれかが死ねば、戦局はおおきく変わる。もしも、この正面からの激突自体が時を稼ぐためのものだったら……。

わずかの間、変事が起こるまで、こちらの目を前線に集中させる。その間に、伏兵が戦場を迂回して秀吉か信孝を襲う。

だとすれば、その伏兵は秀満だ。

そう考えると、常軌を逸した利三たちの猛攻も腑に落ちる。後先を考えず、この一時に賭ける。敵の陣中深くで、秀吉、信孝いずれかを討ち取ったという雄叫びが上がるまでの間の奮闘なのだ。

胸中を侵す闇は、想いを巡らせれば巡らせるほど右近の心を黒く染めてゆく。

あくまで予測である。なんの確証もない。不安に駆られ、想いのままに背後の秀吉の元へ参じるなどできるはずもない。確たる証拠もない伏兵への不安など弁じてみても、持ち場を離れたことを責められて終わりだ。下手をすれば戦が終わった後に叱責《しっせき》を受け領地を減らされるようなことにもなりかねない。

秀吉には知恵深き懐刀が幾人もいる。右近の考えていることなど、黒田官兵衛や弟の秀長たちならばすでに見通し、秀吉の耳に入れているはずだ。右近が気に病むことはないのである。

しかし、じっとしていられない。

これほど明確な兵数の差があるくせに、右近の心はいささかも休まらない。

裏切ったからなのか。

与力でありながら光秀の求めを黙殺し、秀吉へと走った罪悪感が、右近の心を掻き乱しているのか。

違う。

光秀だ。

薄ら笑いを浮かべたあの男の顔が、秀吉への同心を決めた日から頭を離れない。なにを考えているかわからないあの男を敵にすることが、たまらなく恐ろしいのだ。

恐ろしくて、恐ろしくてたまらない。

陣中深くでじっとしていると、光秀の笑みが頭のなかで増えてゆく。

顔、顔、顔……。

いくつもの笑みが、右近を嘲笑う。最後に勝つのは己だと、薄ら笑いの光秀が耳の奥で何度も何度もささやくのだ。

「神よ……」

目を閉じ、鎧に当てた手をぐいと押し込む。尖ったクルスが胸の肉を押す。鼻から息を吸い、右近は瞼を開き前方を見た。

味方は押されている。

槍を振り上げた。

「臆するなっ！」

切っ先で天を突きながら叫ぶ。

「数の少ない敵は、かならず疲れるっ！　耐えよ。今は耐えるのじゃっ！　そのうち機は訪れる。我等はこのまま戦い続けるだけぞっ！」

全軍に伝わらないことなど百も承知。周囲の者たちを叱咤するつもりなどない。己だ。

みずからに言い聞かせたのである。

今更なにを恐れるというのか。死ねばかならず地獄に行くのだ。ハライソに導かれることのない右近には、今生の功徳《くどく》など無用である。

清廉《せいれん》に生きる。

そのための信心《しんじん》だ。

死後の安息など、武士として生まれ、高山家の惣領になった時点で捨てている。この身はすでに血に塗れている。これより先、いっさいの殺生《せっしょう》を断ったとしても、贖《あがな》いきれぬ罪が右近の両肩に重く圧し掛かっているのだ。

死後よりも今この時を生きるため、右近は神を信じる。神はかならず、右近の苦しみを見てくれているはずだ。

民のため、家臣のため、高山家のために、右近はその身を犠牲にして戦っている。

我欲のために道を選んだことはただの一度もない。

己だけならば、右近はこの手を血で汚すことはなかった。皆がいたから、守るべきものがあったから、右近は罪に手を染めたのだ。

それで地獄に堕ちるのならば本望である。

胸のクルスに架けられている救世主は、すべての民の罪をその身に背負い、処刑されたという。

自己犠牲こそ、切支丹の教え最大の功徳である。

右近は今生の功徳に腐心しない。だが、これまでの己の歩んできた道を振り返り、その選択に間違いがなかったことを、自己犠牲という言葉によってたしかめる。

間違っていない……。

ならば。

戦うことに迷いはない。

「我に続っ……」

槍を高々と挙げて馬腹を蹴ろうとした。

その時。

「高山殿っ！」

敵味方入り乱れる兵を掻き分け、背に黒い母衣《ほろ》を着けた騎馬武者が駆け寄ってきた。

「馬上にて失礼仕りまするっ！」

白刃の海のなか、馬から降りるわけにもゆかぬ伝令が叫ぶ。右近はうなずいて、男の言葉をうながす。

「我が主、池田紀伊守《きいのかみ》より、高山様に御伝えしたき儀がござりまする」

「申せ」

槍を手に言った右近に、男が鎧兜を揺らしながら口を開く。

「これより我等は加藤光泰殿の手勢とともに淀川縁を進み、円明寺川《えんみようじ》を渡り、敵勢を横手より襲いまする。それまでの間、高山殿にはなんとしてもこの場で堪えていただきたい。そう紀伊守は申しておりまする」

池田、加藤、合わせて五千あまりの手勢が、川を越えて敵の側面を襲う……。

この拮抗を破るためには、これ以上ない策に思えた。

右近はうなずき、伝令に叫ぶ。

「承知いたしたっ！　我等のことは気になさらず、存分におやり下されと、紀伊守殿に御伝え願いたいっ！」

「ははっ」

馬上で深々と頭を下げた伝令が、母衣をはためかせながら兵の波に消えてゆく。

じきに池田勢がこの混戦から姿を消す……。

喉が鳴った。

今でも敵に押され気味であるというのに、池田、加藤両勢が離脱するとなれば、これ以上の圧を受けるのは間違いない。

果たして、耐えられるのだろうか。

槍を握る手がぶるると震えた。武者震いだと己に言い聞かせ、右近は戦場をにらみ、右手で胸を強く押した。

クルスが傷にめり込む。きりきりとした痛みが、傷口の奥から染み出して全身に伝わってゆく。それでも右近は、冷たい鎧を押し続けた。

生きている。

雨とは違う熱を帯びた滴が、傷口からこぼれて臍《ほぞ》を濡らす。

「どうせ地獄に堕ちる身よ」

吐き棄てるように言って、右近はくどくどと考えてばかりいる己を笑う。

敵の勢いに押されて刃の海に飲み込まれれば死ぬだけだ。高山家も家臣も民もない。

高山右近という一人の男が死ぬ。それだけである。痛みはそこで終わり。決して許されることのない罪を背負った魂は、地獄へと堕ち、業火に晒される。

「この程度のことを耐えられず、なんとするか」

現世の戦など、死して後の地獄に比べればなんと生温いことか。二度と滅びることのない魂を、無限の時のなかで焼かれ続けることを思えば、死に臨む一時の苦しみなど苦しみとも呼べぬ。

ならば。

戦え。

戦って生き抜くのだ。地獄へと堕ちるその時まで、抗《あらが》って抗って抗い続けるのだ。

己に命じる。

胸から手を放し、手綱《たづな》を握りしめる。槍を振り上げ、曇天を貫かんばかりに切っ先を突き出す。

「良いかっ！」

全軍に轟けと願いながら、右近は魂を声に乗せる。

「これより我等は死地へ臨むっ！　生きて帰れると思うなっ！」

勝ちを確信して驕《おご》る者は、弱き心に囚《とら》われる。故に、寡兵に打ち崩される。

「皆で死ぬぞっ！　儂は先に逝《い》くっ！　皆、付いてまいれっ！」

叫ぶと同時に馬腹を蹴った。

背後で止める者の声がする。

知ったことか……。

心に毒づきながら右近は敵味方入り混じる戦場へと進み出た。大将にあるまじき行いであることなど百も承知だ。それでも、じっとしていられなかった。このまま迷い続け、尻ごみしている間に、敵の勢いに飲まれて死ぬなど耐えられない。右近は武士なのだ。座して死すつもりは毛頭ない。

「っ！」

己を目掛けて槍が伸びてくる。間一髪、身を仰け反らせてかわすと、視界に入った敵の顔にむかって槍の柄を振り下ろした。ぐちゃりという湿った音をさせて、敵の顔が潰れる。絶命した敵は、力を失い仰向けに倒れた。

足軽の骸など誰も顧みはしない。

右近が屠った足軽は、生者たちに踏みにじられ、すぐに視界から消えた。

あの男にも暮らしがあったのだ。一度として言葉を交わしたこともない主の決断のために、故郷を離れ、遠い山崎の地で骸となって、訳もわからぬまま多くの者に踏みつけられて泥に塗れることになった。誰を恨めば良いのか。光秀か。しかし、あの骸の恨み言など、光秀には決して届くことはない。

将は無数の骸の上に立っているのだ。

また……。

くどくどと考えている。

「おぉぉぉぉっ！」

天に吠える。

「しっかりせよ」

みずからを叱りつけ、右近は頭蓋《ずがい》の裡で跳ねまわる一切の言葉を薙ぎ払った。

これより先はなにも知らぬ。

切支丹でも、侍でもない。

高山右近という名すら捨てた。

「行く」

一匹の獣と化し、右近は雨を裂き、天地を駆けた。

陸　斎藤内蔵助利三

「猿が来おった」

主が放ったひと言を、斎藤内蔵助《くらのすけ》利三は立ったまま聞いた。

兵とともにすぐに来いという命に従い長浜城を出た利三は、主が陣を張る洞ヶ峠へと駆けつけた。主、光秀のいる幔幕の裡に呼ばれ、こちらが声をかけるよりも先に、先刻の言葉が上座から放たれたのである。本陣の奥深く、幔幕に囲われた床几《しょうぎ》の並びのなか、たった一人座したまま、主は利三を待っていた。

「左様にござりまするか」

言いながら利三は、主の前に置かれた床几に尻を落ち着けた。桔梗の紋が染め抜かれた幕を背にして座る主は、本題について語り始めている。推参の挨拶は無用であった。余計なことを嫌う主には、追従の言葉などいらない。無言のまま目の前に座し、いまの言葉の意味を理解するだけで十分だった。

毛利攻めから秀吉が戻った。主は、秀吉との戦が避けられないことがわかっているのだ。だから、利三を呼んだ。

やはりそうなったか……。

素直な想いであった。本能寺で信長を殺してから、主がはじめに戦うことになるのは秀吉であると思っていた。主の謀反は、いつかは織田家の重臣たちに知れることになる。そして、皆の耳に入るまでの日数に、さほどの差はないと見ていた。ならば一番決断の速い者が、光秀の前に最初に現れる。

羽柴秀吉。

この男以外に考えられなかった。

「驚かぬな」

上座の主が、利三の顔を眺めながら言った。

笑っている。

秀吉の到来を喜んでいるように見えるのだが、主の笑みは常からのもの。喜色を露わにしているわけではない。

それでも……。

やはり主は喜んでいる。

利三にはそう思えた。

「秀吉が来ることをわかっていたようだな」

「聡き御方ですからな」

無駄に言葉を飾り立てない。己の胸に浮かんだままを主にぶつける。

「速かった」

どうやら主も、秀吉が到来することはわかっていたのであろう。戻ってくるにしても速すぎる。そう主は言っているのだ。

だが。

利三はそうは思わない。

信長が死んで十日。

もし、秀吉が謀反を二日か三日のうちに聞いていれば、戻って来られない距離ではない。無理な行軍をせずとも、日中しっかりと進めば、夜にある程度の休息を取っても、十分に辿り着ける。

そんなことを考えることができるのは、逆の行程を利三は我が事として考え、兵たちへの差配も終えていたからだ。

本来ならば、惟任家の兵たちは秀吉の後詰のために備中に向かう筈だった。謀反の日に急遽、進路を京に変えたのは主である。

主の命はかならずしも兵の末端にまで伝わらずとも良い。都へと向かう雑兵《ぞうひょう》のなかには、自分たちが信長を殺すことすら知らぬ者もいたかもしれなかった。

利三自身、出兵の前夜まで備中に向かうものと思っていたのである。

信長を討つなど思ってもみなかった。

尼崎、姫路、沼、そして高松城へ……。

織田家の領内ともいえる摂津、播磨、備前の城を辿りながら、戦の真っ最中であった高松城へとむかい、信長の到着を待つ。そのための兵糧や行軍の日程など、他の家臣たちと語らいあって決めていた。

七日もあれば十分である。

急ぐことはない。

ただひとつ、秀吉の行動に刮目《かつもく》するところがあるとすれば、毛利との和睦の迅速さであろう。これだけ迅速《じんそく》な動きができたということは、毛利の追撃がないという確信があったからだ。和睦していなければ、これだけ速やかな撤退はできない。

そう考えると、ある疑念が利三の脳裏には浮かんでくる。

「秀吉殿は殿の謀反をかねてからわかっておったのやもしれませぬな」

言葉にして主にぶつけた。

なんらかの手段で秀吉は誰よりも速く主の謀反を知った。

やはり光秀は裏切ったか……。

秀吉がそうつぶやいて悪辣に笑う姿が、利三の脳裏に浮かぶ。

かねてより光秀を疑っていた秀吉は、謀反の事実を知るとすぐに毛利と和睦を果たし、撤退の支度に取りかかった。ならば毛利との和睦の話も、以前から両者で話されていたということになる。

秀吉は光秀の心の底を見抜いていた。確実に読み取れずとも、心のどこかで光秀を疑い、密かに手を打っていた。

そう考えると辻褄《つじつま》が合う。

「味方に乞うたことはないがな」

淡々と主が答えた。細く開いた瞼の奥に浮かんだ瞳に、動揺の色も怒りもいっさい見えない。信を置く家臣の忌憚ない言葉に、素直な思いを述べた。ただそれだけのことだった。

そういう主に腹が立つ。

利三はたまにこの無愛想な主を殴り飛ばしたくて仕方なくなる時がある。

秀吉に思惑を見抜かれていたのではないのかと家臣に問われ、動揺する素振りすら見せず、平然と仲間にしようとしたことはないなどという呑気な答えを返せる余裕が、利三には理解できない。

今度の戦には惟任家の命運がかかっているのだ。

秀吉に敗れれば、謀反人の汚名を着たまま、天下に覇を唱えることもなく、惟任家は絶えてしまうのである。織田家随一の出頭人とまで呼ばれた惟任光秀にとって、これほど恥辱に塗れた死に様はないと思う。

戦場で討たれればまだ良い。家臣のいずれかが首を持ち去り、秀吉に渡さず、晒されるような恥はかかずに済むかもしれない。だが、捕えられれば話は別だ。都などで民の前に引き据えられ、首を刎ねられることになるだろう。

常に泰然としているが、主は誰よりも気位が高い。常の笑みにこそ、そんな主の底意が如実に顕れていると利三は見ている。気位が高く、余人に底意を見透かされたくないからこそ、みずからの情を顔色で悟られぬために、満面に微笑を張り付かせているのだ。どんな時でも常に静かな物言いを崩さないのも同じ理由からである。もしかしたら主自身も気付いていないかもしれないが、長年側に従ってきた利三にはわかる。

主は恐れているのだ。

己の心の奥深くに余人が立ち入ることを。

だからこそ腹が立つ。

己が身命を捧げ、長年仕えてきた利三にさえ本心を見せてくれぬ主の心根を。決して弱みを見せぬ主の矜持を。

「まだ待ちまするか」

主への怒りを腹の底に押し込んで、利三は問う。

筒井順慶を待つつもりかと問うたのだ。

順慶は、一度は家臣に兵を預けて近江に向かわせた。だが、主にはなにも告げず、家臣たちを退却させ、みずからの居城に籠り、こちらからの接触の一切を拒んだ。

秀吉だと利三は見ている。

おそらく備中から戻って来る道中、順慶に書を送ったのだ。

その内容まではさすがに利三にもわからない。ただ、畿内では今、本能寺は焼かれたが信長は生きているという噂がまことしやかに流れている。噂を広めたのが秀吉だと仮定すれば、順慶に送った書にもそのようなことが書かれていたのかもしれない。

同心せよという主の求めに顔を背けたのは、順慶だけではない。中川清秀、高山右近という与力たちも、姿を見せなかった。彼等にも秀吉の手が及んでいるのは間違いない。

「筒井殿は来ぬ」

なぜこれほど他人事のように語れるのか……。

口の端をわずかに上げながら情の籠らぬ声で言った主を前に、利三は目の奥が熱くなるのを堪えきれない。

泣きたいわけではない。

怒りだ。

長岡藤孝も頭を丸めて沈黙を守っている。頼りにしていた縁者が次々と主を見限っているのに、何故にこれほど平静でいられるのか。

「腹立たしゅうはござりませぬか」

主は無言のまま利三を見据える。

床几に座したまま利三は背筋を伸ばし、胸を張った。草摺が太腿《ふともも》に弾かれ硬い音を鳴らす。

「長岡殿も筒井殿も参りませぬ。殿が頼りにしておった御二人が、示し合わせたかのように城を動かれませぬ。それでも殿は腹立たしゅうはござりませぬか」

「長岡殿に書を送った。髪を落としたと書いて寄越して来おった故な」

利三は知らなかった。おそらく主が安土城を出て、都にむかってからのことだろう。その時すでに利三は、羽柴家の者たちを追い払った長浜城の守将を命じられ、長浜にいた。

「その書に、藤孝等が親子して髪を切ったことを怒っておると書いた」

だから怒っている。

そう主は言いたいのだろうか。書状ならばどんなことでも書ける。本心から怒っているのならば、腹立たしくはないかと家臣に問われて、書状に怒っていると書いたなどと答えるはずがない。

気付いた時には腰の懐刀を鞘ごと抜いていた。朱塗りの鞘を韘《ゆがけ》に包まれた手でつかんだまま、主の面前へと突き出す。

「腹を召されるのならば、某がこの場で介錯いたしまする。我等のことは心配御無用。心置きなく、この場で腹を御召しになられませ」

「なにを……」

「このまま戦に臨んだとて、我等が勝てる見込みはありませぬ。ならばいっそのこと、殿はこの場で腹を召し、我等は秀吉殿へ降りましょう。それが皆にとって一番良きことかと存じまする」

戸惑いの声を上げようとした主をさえぎって、利三は胸を張る。

「さぁ」

懐刀をずいと差し出す。

「もはや殿は我等と戦おうと思われておらぬのでしょう。ならば我等のために、ここで死んでくだされ。斎藤利三、最後の願いに存じまする」

本気だった。

腑抜けたまま戦に望まれるくらいなら、ここで死んでくれ……。

「これ以上、今の殿を見たくはありませぬ」

「利三」

輝きの失せた主の瞳が、利三を捉えて離さない。目の奥に熱を覚え、利三は腹の底に力を込めた。

美濃三人衆、稲葉《いなば》家に仕えていた利三は、その頃の主、一鉄《いってつ》との折り合いに悩んでいた。美濃斎藤家という名家に生まれた利三を快く思わない一鉄との間には常に隙間風が吹き、どれだけ武功を上げようと真っ当な褒美さえ与えられぬような不遇に利三は耐えていた。

是非とも当家に来てくれ。

どれだけ懸命に働いても、誰も見てはくれぬ。そんな想いに囚われ、腐っていた利三に、惟任光秀という男はそう言って頭を下げてくれた。稲葉家から引き抜くことで、一鉄との間に悶着《もんちゃく》が起こることは目に見えていたというのに、主は利三の才を高く買ってくれ、悶着すら恐れず、惟任家に迎え入れてくれたのである。

恩を忘れたことはない。

己が命は惟任光秀のためにある。その想いは今でも揺るがない。

死んでくれ……。

そんな頼みを口にしていることが、悔しくてならない。光秀が本当にこの場で死んだなら、利三も命を全うしようなどと思ってはいない。惟任家の兵たちとともに秀吉の元に降り、皆の裁定を見届けてから死ぬつもりである。秀吉に許されたとしても腹を斬る。光秀が死んで、己が生きている行く末など、考えたこともなかった。

「利三よ」

懐刀を握りしめる利三の拳を、主の掌が包む。床几から腰を浮かせた主は、利三の眼前で片膝立ちになりながら、腹心の手を握りしめる。

「御主にだけ伝えておきたい」

「なんなりと」

懐刀を突き出したまま、利三がうなずくと、主は常から上がった口の端を吊り上げて嬉しそうに笑った。

「儂の心中にはもはやなにも残っておらぬ」

やはり……。

主は燃え尽きてしまっているのか。信長を殺すという己が望みを叶えた今、主は燃え滓《かす》となったというのか。

「よもやあの御方が儂の手にかかって死ぬとは思うてもみなんだ」

「殿は信長を討ったのです。間違いなく」

「わかっておる」

主の尖った顎が上下する。

「天魔を討った。そこで儂は尽きたのだ。信長様は儂の天運を冥府《めいふ》へと持って行ったのじゃ。故に藤孝も順慶も儂を見限ったのだ」

「なにを申されまする」

「清秀や右近までもが秀吉に降った」

「我等がおりまする。京極殿や阿閉殿も」

織田家の臣のなかにも、主の元へ馳せ参じた者もいる。皆が惟任家を見限ったわけではないのだ。

「殿はいつも、行く末が悪き方へとむかうように思われまする。そは悪しき癖にござりまするぞ」

しかしその悪癖こそが、主を織田家の出頭人と呼ばれるまでに押し上げたと言える。物事を悪い方へ悪い方へと考えるからこそ、決して備えを怠らない。何をやるにしても支度を万全に整えてから臨むから、大きな失敗を犯さないし、全力で前に進める。だからこそ、信長の無理難題にも応えてこられたのだ。主の小心こそが、惟任家の栄達の心柱なのである。

そんな主が一度だけ、らしくないことをやった。

親しき与力や腹心にも心の裡を告げず、支度を整えもせずに本能寺を襲い、信長を討った。なにがどう転がるか、転がった先に待っているであろう事態のために、どんな手を打つべきか。一切の支度をせぬままに、主は衝動のままに任せたとしか思えぬやり方で、信長を殺してしまった。

だから今……。主は悩んでいる。

「勝てば良いのです。勝ちさえすれば、今は城に籠って動かぬ長岡、筒井両家の方々も重い腰を上げましょう」

「だが儂は、勝った後にどうすれば良いのかわからぬのだ」

本当に主は利三にだけしか語らぬつもりで本心を吐露《とろ》している。こんなことを余人が耳にすれば、光秀という男を見限ってしまう。この男に仕えていても仕方が無いと、後ろ足で砂をかけて惟任家を去るに違いない。

利三はなにがあっても惟任家を見捨てたりはしない。主もそれをわかっているから、こうして心の奥底に秘めた想いを言葉にして吐き出しているのだ。

拳を掌で包み込まれたまま、利三は主を見上げ、言葉を待つ。

「御主の申す通り、儂はこの場で死んだ方が良いのかもしれぬ。天下に覇を唱えるつもりもない男のために皆が死ぬことはない。利三、御主もじゃ」

弓形に歪む主の目の縁がかすかに輝いていた。利三は口を真一文字に結び、丹田に気を込めて、惟任日向守光秀という男の瞳にみずからの覇気を注ぎ続ける。

立て……。

心ではない。

魂を揺さ振る。

光秀という名よりも、もっと深いところにある血肉そのものに、みずからの命の火を注がんとするように、利三は全身の気を両の目に込め、主を見据えた。

「殿」

口を開くと目の奥の熱が溢れて来そうになる。

静かにせよ……。

荒れ狂う胸の滾《たぎ》りを叱り付けながら、利三は主へ言葉を投げる。

「ここで死ぬつもりならば、死ぬ気になって戦いませぬか」

「死ぬ気になって戦って、その後になにを……」

「わからぬままで宜しいのではござりませぬか」

いちいち……。

くどくどくどくど考える男なのだ、惟任日向守光秀という男は。

「けっ！」

主の心中に渦巻く懊悩など詮無き物なのだとばかりに、利三は大袈裟《おおげさ》に鼻で笑ってやる。不遜な家臣の態度にも、主は眉ひとつ動かさない。

「どうせ行き当たりばったりだったのでしょう、信長を討ったのは。ならば、もはやどれだけ想いを巡らそうと、いくつ策を練り上げようと、確たる行く末など見極められる筈もない。すでに殿は、定められた行く末から外れてしもうたのです。信長を殺すと決めた時から、殿の行く末は闇のなかに放りだされたのです。ならば勝つも敗けるも、死ぬも生きるも、なにもかも放り出してみては如何かと存じまする」

「なにもかも放り出す」

「左様」

強くうなずいて、拳を包む掌を左手で握りしめ、己が胸の前まで持ってくる。

「某や兵のことを今も想うてくれておられるなら、みずからを捨て、惟任家のために生きてはくれますまいか。殿の天運は信長が冥府に持って行ったのではなく、殿みずから己が胸の裡に仕舞い込み、蓋をしてしもうたのです。それが見つからぬのであれば、もはや見ずとも結構。我等のためになすがまま、転がっていただきたい」

「それで、儂は将として立っておられるか」

「勝てば勝った時、敗けたら敗けた時にまた、策を練りましょう」

「それで良いのだろうか」

「殿は悩み過ぎまする。少しはあの猿を見習うべきでござります」

「秀吉か」

「はい」

先刻まで虚ろであった主の瞳の奥に、か弱い光が宿っているのを利三は見逃さなかった。それが希望なのか、迷いなのか、そこまではわからない。ただ、かすかな火すら灯っていなかった主の裡に何物かが灯ったのは間違いなかった。

「おそらくあの賢しい猿は、信長の死を聞きつけるとすぐに、戻って来ようと思うたに違いありませぬ。悩むよりも先に、兵の尻を叩いて戻って来たのです。後のことはなるようになれと思うて」

言うと同時に、鼻の下を思い切り伸ばして猿の真似をしてみせた。

「ふふ」

主が声を上げて笑う。

一番上の掌で、主の甲を三度ほど叩く。

「すでに惟任家という玉は坂を転がりはじめておりまする。どこに着くかはわかりませぬが、共に転がりましょう」

「そんなことで良いのだろうか」

「良いのです」

言い切ってやった。

今の主には断言こそがなによりの薬である。

「某が殿の道を切り開きまする故、御心配には及びませせぬ。殿は天下人になられる御方。某を信じて、転がりなされ」

「其方とともに転がって良いのか儂は」

利三は目一杯うなずいた。


喊声。

殺意の奔流の只中で、利三は我に返った。

はにかむような主の笑みは脳裏の闇に消え失せ、眼下にはおびただしい数の敵の群れが広がっている。白眼を真っ赤に染めた無数の眼が、利三の命を求めて輝いている。

「殺《や》ってみぃっ！」

乱暴に叫びながら、眼下にあった髭面のど真ん中めがけて槍を突き出した。鼻筋の中央に切っ先が吸い込まれてゆく。

刺したと思った時にはすでに引き抜いている。

男が倒れるところは見もしない。

二人目の首を裂き、血飛沫が視界の端を過ぎ去ってゆくのを気にも留めずに、三人目の横っ面を鉄芯の入った柄で思いっきり打つ。頭骨が砕け、頭の穴という穴から血柱が立った。

敵は高山右近に池田恒興に堀秀政。その背後には秀吉や三七信孝が控えている。利三の右方では、天王山を降りてきた中川清秀が、こちらの伊勢《いせ》貞興《さだおき》らと干戈を交えていた。

天王山では、中川勢の代わりに入った羽柴秀長、黒田官兵衛、神子田正治たちを抑えるために、並河易家《なみかわやすいえ》、松田《まつだ》政近《まさちか》を主が差し向けている。

利三は敵の本軍の進攻を止めるべく、山崎の街めがけて南西へと兵を進めている。もちろん敵も、その行路に兵を集中させていた。利三が砕ければ、敵は一気に光秀の本陣へと流れ込む。

二千あまりの斎藤勢は、惟任家の壁であり要であった。

戦がはじまってから半刻《とき》あまり。数倍する敵を相手に、利三は戦場の真ん中に居座って槍を振るっている。一歩も後退せず、敵の前進を許さず、なんなら少しずつ押していた。

このまま山崎の街を越え、敵を隘路まで押す……。

利三だけではなく、斎藤家のすべての兵がその一心で戦っている。

多勢である敵が力を存分に発揮できぬ隘路へと押し込んでしまえば、こちらにも勝機が見えて来るはずだ。流れが惟任家に傾けば、与力であった高山右近や中川清秀も反旗をひるがえすやもしれない。

戦は兵の多寡だけでは決まらない。勢いが勝敗を左右する。

この戦の命運は利三の手に委ねられているといっても過言ではなかった。

望む所だ。

利三は笑いが止まらない。

「がはははははっ！」

槍を振るう。

血に濡れた刃が、面白いように敵の急所に吸い込まれてゆく。

利三はただ体が赴くままに、槍を振るうだけ。

「楽しそうですのぉ父上っ！」

側で槍を振るう息子の利康《としやす》が言いながら、足軽の胴を貫く。

「こんな父上を、久しぶりに見たわっ！」

弟の利宗《としむね》も馬上で笑う。

「無駄口叩かんで、戦わんかっ！」

息子たちを叱咤しながら、右に左にと穂先をむける。考えるよりも速く、敵が骸になってゆく。

主とともに転がると決めた。

天下など知ったことではない。

惟任家も戦の勝敗も眼中になかった。

すべては後から付いて来る。

利三はただひたすらに体を動かすのみ。

主にとってのもうひとつの槍ともいえる明智左馬助がこの地にいない。安土の城の守りを任された左馬助は、戦場に呼ばれることなく、今も近江の地で北より現れるやも知れぬ敵に備えている。

主の槍は己のみ……。

その想いが、余計に利三を奮い立たせていた。

五十にならんとする身には、乱戦のなかでの戦働きはこたえる。すでに数え切れぬほどの敵を屠っていた。両腕は痺《しび》れ、振るう度に肩の辺りがぎしぎしと鈍い痛みを放っては、利三に少しは休んでくれと訴え続けている。

「五月蝿いわいっ！」

己が体の悲鳴に叫びながら答え、足元から伸びてきた槍の柄を右手でつかむ。

「ふんっ！」

左手につかんだ槍を小脇に挟んだまま、右手一本のみで敵の槍を引っ張って奪う。若き足軽が情けなく両腕を掲げながら、今にも泣きそうな顔で利三を見上げている。その目と目の間を、奪った槍の石突で打つ。

「みゅっ……」

哀れな声をひとつ吐いて、若者は膝から崩れ落ちた。

ひとつひとつの死に囚われるような愚かな真似はしない。若き命を奪うことに、なんのためらいもない。強いから勝った。それだけである。弱ければ、馬から引き摺り下ろされて今頃首が無くなっているだけ。

難しいことは戦場では不要である。ただひたすらに槍を振るうのみ。息子たちのことすら眼中にない。弱いから死ぬ。戦場に連れてきた時点で、もはや父でも子でもない。

勝敗は後から付いて来る。みずから追いはしない。

目の前を覆い尽くしているのは高山右近の軍勢であった。

主の与力であった頃から、利三はあの白けた顔が大嫌いだった。切支丹だからというわけではないが、なにをしても理屈臭い。主にも似たようなところがあるのだが、右近のように己の怜悧《れいり》さを鼻にかけるようなところがない。右近という男はなにをするにしても後ろ向きで、そんな己が優れていて、他の者が愚鈍で劣っていると底意で思っていることが、言動や態度に顕れていたから、けっきょく最後の最後まで好きになれなかった。

だからこそ……。

思う存分戦える。

「うこぉぉぉぉんっ！」

敵の群れの彼方にいるであろういけ好かない顔を夢想しながら叫ぶ。

「儂が首を刎ねてやる故、大人しゅう待っとれよぉぉぉっ！」

「ぬはははははっ」

「良いぞ父上っ！」

利三を守るようにして周囲に侍る家臣たちが、息子たちとともにどっと沸いた。数倍もの敵を前にしても怯《ひる》まぬ、血の気の多い者達である。惟任家に斎藤利三ありと呼ばれるようになった理由のひとつに、この男たちの働きがあった。

血塗れの頰を籠手で拭い、利三は槍先で虚空を突く。

「良いかっ！　下がるなよっ！　右近を殺したら次は猿じゃっ！　猿を狩ったら、信長の莫迦息子の首を狩るっ！　ここにおる敵の旗を忘れるでないぞっ！　一人たりとて許しはせぬぞっ！　儂と御主たちで一人残らず殺してやろうではないかっ！」

「応ぉぉぉぉぉっ！」

喊声が勢いとなって敵を押す。こちらの兵が三人始末するあいだに、敵は数人がかりで一人をやっと取り殺すことができるという有様であった。多勢の威を借り、すっかり勝った気になっていた敵の顔に、死を間近にした恐怖が張り付いている。

良い気味だ。

多勢で寡兵を飲み食らうような高慢な戦よりも、利三はこういう戦を好んだ。己が腕一本で、敵の余裕の笑みを引き剝がす時の快感に勝るものはない。顔を引き攣らせた敵の首を刎ねる時に全身を貫く雷に比べれば、女を抱くなど退屈極まりない行為である。

「死ね死ね死ね死ね」

つぶやきながら利三は手当たり次第に敵を屠ってゆく。利三の槍の前に敵はない。振れば確実に敵が死ぬ。そんな主の奮戦に、息子や兵たちも昂ぶり、利三に負けじと敵を薙ぎ倒してゆく。結果、斎藤勢は戦場という大渦の中心となっていた。

利三は本心から、右近の首を狩ろうと思っている。それだけではない。先刻、息子たちに言ったことは本気でやるつもりである。この地にいる敵将の首をすべて獲るつもりだ。

二千の斎藤勢で四万の敵に打ち勝つ。

一人が二十人殺せば良いだけのことではないか。やれぬことはない。利三は数え切れぬほどの敵を屠っている。数人分の働きを、利三はすでに終えているのだ。

「右近っ！　右近はどこじゃっ！」

吠えながら戦場を駈け巡る。騎乗の大将首も幾人か屠った。が、右近とその取り巻きはいまだ目にしていない。

あの臆病者の切支丹のことだ。こそこそと逃げ回っているのだろう。

「逃げても無駄じゃっ！　かならず見つけて腸《はらわた》を引き摺り出してやるから待っておれ裏切り者っ！」

右近が与力を務めていた者を敵に回すのはこれで二度目だ。荒木村重は頼りにしていた右近と中川清秀に裏切られ、信長に敗れた。

今度は惟任家に背を向けた。

己が命を守るために強き者に付くのは戦国の習いである。が、右近や清秀のような男は、どうしても好きになれない。この場に集う敵のなかでも、この二人だけは絶対に己が手で始末すると利三は心に決めている。

槍が軽い。

疲れが消え去っていた。

長い間戦場にいると、時々こういうことが起きる。全力で槍を振るっているのに、いっこうに息が上がらない。頭の芯が澄み渡り、敵の動きが遅くなったように感じられるのだ。

敵の顔が目の前に迫って来る。

巨大な顔の真ん中に、利三は静かに槍を突き入れる。

顔が深紅《しんく》に弾け、男たちの群れの中に消えてゆく。すると、次の敵の鎧の隙間から見える脇あたりの衣の柄が、目に飛び込んで来る。草木を染め抜いた紺地の衣が、眩しいほどに目を覆う。

突く。

胴を貫かれた敵が、一瞬驚くように利三を見上げ、視界から消えた。

「ふっ、ふっ、ふっ……」

小さく開いた利三の唇の隙間から短い呼気が吐き出され続けている。一定の調子を刻みながら吐かれる気によって、利三の体は研ぎ澄まされた刃のごとき鋭利さを保ち続ける。白眼に浮かぶ瞳は小さく縮み、面の皮は微動だにしない。人を殺すためだけの道具と化した利三は、淀みなく、心を揺らすこともなく、淡々と敵を殺め続ける。

どうやら……。

人を殺すのが根っから好きな性分であるらしい。

己が武士でなかったらと思うとぞっとする。人を殺めたいという衝動を飼い慣らしきれる自信がない。武士でなかったら恐らく利三は、罪人になっていただろう。

政や家のことなどの煩雑《はんざつ》な諸々は、武士として生きるために仕方なくこなしている雑事であって、利三の本来の居場所は戦場なのだ。

突く。

死ぬ。

薙ぐ。

果てる。

叩き潰し事切れる。淀みなく殺せば殺すほど、己に届く刃は絶えてゆく。殺し殺されなどというものは望んではいない。

己のみが殺す。

死ぬのは敵であって、利三ではないのだ。それこそが、利三が生きるべき真の天地なのである。そして今、利三は己が望む天地の只中を駆けていた。

「ふ、ふ、ふ……」

短い呼気を吐き、敵のみに集中する。すでに味方の声すら聞こえない。

二十四、四十三、十六、三十二……。

屠った者の歳を脳裏でつぶやく。その者の生が、槍先から伝わって来るのだ。己が断った命の道程が、槍先によって繋がれた刹那の交接のあいだに利三に流れ込んで来るのである。

動きを止めた敵に、槍を突き入れるだけ。

容易《たやす》い。

武功などという無粋なことはいっさい頭にはない。誰を殺したのかなどということに想いは至らない。

死なば骸だ。そこには身分の別などない。だから利三は下人であろうとためらいなく殺す。たとえそれが武士でなかろうと、戦場で相見えたからには敵なのだ。死にたくなければ、利三の前から去れば良いだけのこと。ぼけっと突っ立っているから死ぬのだ。

退け……。

骸の山を背後に築きながら、利三は無心で戦場を駆ける。

矢が飛んでくる。

遅い。

右手を柄から放して虚空を払う。

握った拳につかまれた矢を親指で折って投げ捨てる。それを見ていた敵が、息を呑んで固まった。

「愚か者」

笑いながら槍を振るう。

首が三つ宙に舞う。

誰のため……。

忘れた。

利三は利三のために戦い続ける。

「右近右近うこんうこん、う、こ、ん、う、こ……」

つぶやきながら馬を駆る。

あの尖った顎の下に覗く白くて細い首に槍を突き入れたらどうなるだろうか……。

「ふふっ」

嬉しくなって声が出た。

笑った顔を見ていた馬上の敵が腹立たしかったから、横っ面を柄で叩いて鞍から落としてやる。気を失った敵に、味方の足軽たちが群がって首を奪い合っている。

「ほれ、もう一人っ！」

同輩の死を目の当たりにして歯を食い縛っている騎馬武者のどてっ腹を突き刺して、そのまま持ち上げ地面に落とす。

「有難てぇっ！」

下卑た足軽の声を背に受け、利三は進む。

「働けぇっ！　この戦で功を挙げれば、出世は思いのままぞっ！」

味方が雄叫《おたけ》びを上げる。

知ったことではない。

出世などもはや利三の眼中にはなかった。

武功という餌で兵を釣りながら、利三は我欲のためにひた走る。

右近はどこだ。

槍を振るい、かつての同朋を探す。

「ん……」

なにかがおかしい。

恍惚《こうこつ》が瞬時に途切れ、利三は我に返った。

槍を止め、敵味方入り混じる男たちの声に耳を澄ませた。

敵は利三の眼前にある。とうぜん、戦場は彼の周囲と前方に広がっているはずだった。

「いかんっ!」

馬首をひるがえし、後背に目をむける。

斎藤勢のはるか後方で、戦いの声があがっていた。

正面にしかいないはずの敵が、突如利三の背後に現れた。

「池田か」

斎藤勢を囲んでいたはずの池田家の旗がいつの間にか失せている。

「ちぃっ!」

不覚……。

舌打ちを鳴らした。

目の前の敵を屠ることに目を囚われ、戦場を見通す目を失ってしまっていた。池田勢の秘かな動きをいち早く悟っていれば、高山勢の相手をしつつ兵を退き、敵の全貌に気を配ったはずである。

池田勢は混戦であるのを良いことに、淀川縁を進み、円明寺川を渡ったのだ。利三たちをやり過ごした狙いはひとつだ。

光秀のいる本陣である。

横腹から襲われれば、いかに本陣であるといえど盤石とはいえない。この混戦の最中、本陣が敗れてしまえば、味方は雪崩を打って瓦解するであろう。

「父上っ！」

兄の利康が馬を寄せて来る。

「背後より敵が襲い掛かってきておりまするっ！　加藤光泰の兵でござりまするっ！」

汗と血と泥を満面にべっとりと塗りたくった利康が叫ぶ。

「やられましたっ！」

弟の利宗も駆け寄ってくる。

加藤勢も恒興とともに廻りこんだのであろう。惟任勢のなかで獅子奮迅の働きを見せている利三を囲んで潰してしまおうという魂胆なのだ。

戦局が動き出した。

槍を小脇に挟んで、利三は刃の海に揺蕩う。

すでに四方を喊声と罵声《ばせい》が取り囲んでいる。いずれに進んだところで戦場であった。生と死の狭間で、男たちがみずからの命運をかけて戦っている。

どうやら敵の裏切りは期待できそうにない。味方の悲鳴が派手に聞こえていた。勢いに乗る敵は、この場で斎藤勢を殲滅《せんめつ》せんと、目を血走らせながら刃を振るっている。

四倍もの敵だ。一度形勢が傾けば、もはや覆すことはできない。

「さて……」

すでに味方は得物を放り捨て、敵に背を向け逃げ始めていた。利三のような将でなくとも、敗けが必定であることを悟っているのだ。

敗けるとならば、己の命を守ることのみに死力を尽くすのが雑兵の生き方である。武功の望めぬ戦場に留まった所で、なんの得もない。留まれば留まるほど、死が間近に迫って来るのだ。逃げ出さぬわけがない。

敵の刃から逃れるために駆ける者たちには、利三の姿など眼中にない。先刻まで主と仰ぎ、懸命に働いていた者たちにとって、もはや斎藤利三という名はなんの意味も持たなかった。

「もはやこれまでにござりまする」

ここが敗戦間際の戦場であるとは思えぬ朗らかな笑みを浮かべながら兄の利康が言った。

「敗けましたな」

言った弟も笑う。

はじめから敗けることがわかっていたかのように平然と言ってのけた二人の息子に、利三はうなずいてから、口の端を上げる。

「良う、やってくれた」

己には過ぎた息子である。敵を屠ることだけに現《うつつ》を抜かす父を守るように、側に侍り戦ってくれた。

「いかがなさりまするか父上」

笑みのまま言った利康の槍が、刃を突き入れてきた無粋な足軽の首を撥ね飛ばした。

「このまま右近の首まで真っ直ぐ駆けると申されるのであらば、我等も御供いたしまする」

今度は弟が、言いながら父の背後に忍び寄る騎兵の喉を鞍から身を乗り出すようにして突き出した槍で貫いた。

「今更、右近の首を獲ったところで、戦局が変わることはあるまい」

答えた利三の槍が、利宗の頭上に飛来した矢を真っ二つに斬り裂いた。

「逃げまするか」

「逃げる」

利康の問いに答えると、三人揃って馬首をひるがえし、迫って来る高山、堀両家の兵に背をむけた。といっても、背後は加藤勢に押さえられている。

頭を傾け首を鳴らしながら、利宗が口を開く。

「どこを見ても敵だらけですな」

「斬り払うまでよ」

兄の利康が言って己が拳で頰を打つ。

「その通りじゃ」

利三は両手に持った槍を虚空に掲げた。

「行くぞっ！」

「応っ！」

二人の息子の声を背に受けながら、利三は馬腹を蹴った。

どこを見ても敵ばかりである。斎藤家の兵たちは五人、十人とひとかたまりになりながら、なんとか敵の攻勢を堪えつつ、戦場を離れようと必死になって戦っていた。すでに誰一人として、勝ちのために戦おうという者はいない。この戦場に武功がないことなど、百も承知なのである。

利三と彼等の間にはもはや、身分の別などなかった。己が命のためにこの場を離れようとする一個の男である。

だから。

どれだけ敵が味方に刃をむけようと、助けはしない。誰かを救う槍を利三は持ち合わせていなかった。

己が命……。

それだけである。

「何処へ」

隣で利宗が問う。

「坂本に参ろう。かならずや殿も坂本に戻るはずじゃ」

坂本で兵を整え、もう一戦……。

考えぬこともない。

だが、現実というものを利三は見据えているつもりだ。この緒戦で敗北したことで、日和見《ひよりみ》を決め込んでいた長岡藤孝や筒井順慶のような者たちが、一気に秀吉へと靡《なび》くだろう。逆に今更惟任家を助けようという大名はいなくなる。

形勢は定まった。

主が生きて坂本城へと戻ったとして、果たしてどれほどの兵が集まるだろうか。本能寺を襲った時に集った八千という数を集めることすら叶わないだろう。

だとしても、利三の帰る場所は坂本城をおいて他になかった。主から貰った丹波国黒井《くろい》の城に戻る気はさらさらなかった。父祖代々の所縁があるわけでもなく、主が信長より丹波支配を任されて後に与えられた領地であり城なのだ。今更領主面をして戻ったところで、利三のために命を棄《す》てるような民は一人もいない。

果たして……。

主はふたたび立ち上がるだろうか。この戦に敗れ、それでも天下に手を伸ばすだけの精気が主の体に残っているだろうか。

ない。

敗けた時は敗けた時。どこに着くかはわからないが、とにかく己とともに転がってくれ。そう言って利三は燃え尽きてしまった主を戦場へと誘った。

そして敗れた。

これ以上、主が転がって辿り着くべき場所はない。坂本城へ戻ったとしても、そこからまた転がれるような新たな道はないのだ。

城を枕に討死……。

武士として潔い死に方なのであろうが、それがどうした。

馬を止める。

異変に気付いた息子たちの馬も止まった。

兄の利康が不審の色を満面に宿して問う。

「如何なされましたか」

「本陣へむかう」

「何故にござりまする。もはや敵に囲まれておりまする。ここは己が身を守ることのみに注力なさるべきかと」

膝下《しっか》の足軽の顔を柄で砕き、弟の利宗が父を諭す。

利三は静かに首を振る。

「殿の介錯をせねばならぬ」

「なにを申されまするか、坂本城に戻り、もう一戦……」

「殿に楽になってもらわねばならぬ」

「なにを……」

「其方たちは逃げよ」

利三は本陣がある筈の御坊塚へと馬首をむけた。すでに敗走を始めている味方は、軍勢の体《てい》を成しておらず、おびただしい数の敵に周囲を囲まれている。

それでも利三は、御坊塚を目指さんと馬腹を蹴った。

「御待ち下されっ！」

息子たちの声を背中に聞く。

知ったことか……。

槍一本を手にして、敵の群れへと繰り出す。

「退けぇいっ！」

穂先を振るい敵を薙ぐ。

頭は冴え切っている。惟任光秀を現世から解き放つためだけに、利三は馬を駆る。

御坊塚で主が待っている。

もう戦わなくて良い。もう背負う必要はない。我等は敗れたのだ。転がり続けた道は定まった。

共に死のう。

主に笑って言ってやりたかった。

「御待ちくだされ……」

雨中を駆ける。

陽は西に傾き、没しようとしていた。曇天に包まれた空は暗く沈み、明かりがなければ一寸先も見通せぬほどである。雨に濡れ、松明すら思うままに灯せぬなかでは、馬を走らせることすら難儀する。それでも敵は、闇のなかで逃げ惑う者たちの悲鳴を頼りに白刃を振るい続けていた。

「下郎どもがっ！」

怒りに任せて敵を斬る。もはやどれだけ利三が敵を屠ろうと、大勢は変わりはしない。今更勝とうなどと思うほど、利三は愚かではない。

怒りだ。

勝ちに乗じて殺戮《さつりく》に乗じる下衆どもを前にした怒りを刃に込めて振るっている。

すでに体は疲れの極みを越していた。槍の重さすら感じない。本来ならば体じゅうが痛んでいるはずなのだが、頭が朦朧としていっさいの痛みが消えていた。

多分、利三は死ぬのだ。

本陣で待つ主の首を刎ねるとともに。

それで良い。これ以上無い生ではないか。

是非にと乞われ、旧主との軋轢《あつれき》も覚悟の上で、惟任家に招いてくれた主だ。惟任家に迎え入れられてからも、随一の重臣として遇してくれた。主が織田家の出世頭となり、その懐刀として利三も過分な栄達に浴することもできた。

主への恩は計り知れない。

惟任光秀のために死ぬ。

本望である。

利三の槍に一寸の迷いもなかった。

うんざりするほどの敵に囲まれ、それでも体は驚くほど軽い。

「今、行きまするぞ殿」

御坊塚は目の前だった。

敵を薙ぎ道を開く。

利三の行く手をさえぎるほどの武人は、秀吉の元にはいない。

どこまでも行く。

行ける。

殿となら涅槃《ねはん》でも戦える。

「光秀様ぁぁあっ！」

御坊塚に辿り着いたはずだった。

辺りは闇に包まれ、霧と化した雨の所為で、一寸先も見渡せない。それでも、馬を走らせた感覚から、ここが御坊塚であるのは間違いないはずだった。

敵だらけ。

目に映る味方はどれも骸である。

踏みにじられた幔幕に、泥に塗れた桔梗の紋が浮かんでいた。

「父上っ！」

息子たちが敵の群れを掻き分けて現れ、利三の馬の左右にみずからの馬を並べた。

左方に立つ利康が叫ぶ。

「殿は勝龍寺城へと退いたとのことっ！」

「ならば儂も」

「なりませぬっ！」

父の腕をつかんで弟の利宗が吠えた。

「すでに勝龍寺城は敵に囲まれております る。今から行けば、火に飛び込む虫に同じ。近江へと参りましょう。近江で殿を御迎えいたすのです」

穏やかに利宗が諭すと、利康もうなずき父の槍にそっと触れた。

「父上にはまだやるべきことがござりまする」

やるべきこと……。

「安土城を守る左馬助殿と合流し、殿を待ちましょう」

兄の言葉を受け、弟が言葉を継ぐ。

「近江で態勢を整え、あとひと戦」

まだ戦えと言うのか。

そんな気力はすでに主にはない。

「放せ」

息子たちを振り解く。

「なりませぬっ！」

兄弟が目の前に立ちはだかった。勝龍寺城へ一騎駆けをせんとする父の命を守ろうと必死である。

「城へは行かぬ」

「では近江へ」

利康の問いにうなずきを返す。

もはやこれまで……。

主が浮かぶ瀬はもうない。利三が介錯できぬのなら、主はどこぞで果てるしかない。もう二度と主とは会えぬ。確信に近い想いだった。

ならば、安土の秀満と合流してどうなるというのか。

もう……。

なにもかも、どうでも良かった。

「行く」

利三は敵に囲まれた勝龍寺城に背を向け、馬を走らせる。

無性に槍が重かった。

近江に逃れた利三は、堅田《かたた》の地で捕えられ、戦が終わった後に秀吉の元に引き据えられ、磔刑《たっけい》に処された。山崎の地から逃れた時、利三にはすでに戦う気力は残されていなかったのである。

父とともに捕えられた利康も、斬首となるが、弟の利宗は逃走の最中、高山右近の兵に捕えられた後、罪を許され、徳川家の旗本となった。

漆　羽柴筑前守秀吉

「行け。良し、良し……。そうじゃ、行け」

山崎の街まで押し上げてきた本陣の只中で、秀吉は手綱を握りしめながらうわ言のようにつぶやいている。目の前では、方々に散ってゆく敵の背を追うようにして、味方の兵たちが北上してゆく。平地での戦況を見届けた天王山の敵勢も敗走を始めたらしく、山に登らせていた弟、小一郎、黒田官兵衛の手勢の旗も北にむかって山を降り始めていた。

まず、味方の勝利は間違いないだろう。

長岡藤孝や筒井順慶たちが敵に回らなければ、もはや光秀に対抗できるだけの手勢はいない。その頼みの順慶も、すでに密かに秀吉に対して同心を伝えてきているし、信長の喪に服するという藤孝の姿勢も、光秀への反目であるのは間違いない。

勝った……。

しみじみと思いながらも、秀吉の肩はまだ小刻みに震えている。

それほど光秀という男が恐ろしかった。

敵わない。

ともに信長の配下であった時、秀吉は幾度もそう思わされた。城を得たのも先、近江坂本、そして丹波一国と、近江長浜の地のみを治める秀吉よりも広大な領国を、光秀は有している。それだけ信長の覚えも目出度かったということだ。身ひとつから成り上がった織田家の臣のなかで、誰よりも身を立てたのが光秀であることは間違いない。

光秀は、信長になにを命じられても心を揺るがせることがなかった。口許には常に微笑を湛え、荒々しい言葉によって下される命を粛々と受け止める。

秀吉は忘れもしない。

荒木村重が裏切った時のことだ。

丹波、そして播磨を攻略中であった主にとって、摂津を任せていた村重の謀反は青天の霹靂《へきれき》であった。いきなり窮地に立たされた主ですら珍しく狼狽し、その姿を目の当たりにした家臣たちも色を失った。そんななか、ただ一人光秀だけが、主に詰め寄り、丹波播磨を差し置いてでも村重の討伐を優先させるべきだと主に進言したのである。あの時、微笑の絶えた光秀の迫真の面を見て、秀吉は敵わぬと思った。あの天魔と呼ばれた織田信長でさえ束の間空虚に陥ったなかで、ただ一人惟任光秀だけが、天下への道程を見失っていなかったのである。

あの男がいる限り、己は織田家臣団の一番手になれはしない。

秀吉は心底から光秀を厭うた。

「やれ、やれ、やってしまえ……」

手綱を握る両手が震えている。

ここで終わらせなければ……。

光秀が息を吹き返せば、己の浮かぶ瀬は無くなる。光秀という男がこの程度で終わるわけがないのだ。

この地に明智左馬助の軍勢がいない。長岡も筒井も、惟任に付かぬと言ってはいるがこの場に現れ、秀吉の味方をした訳ではない。

もしかして己は蟻地獄に足を踏み入れているのではないのかという疑念が、池田恒興が川を渡って敵の左翼に奇襲をかけてからというもの、心の奥深くに根付いて離れない。

焦る。

総大将は三七信孝に譲ったものの、この戦に加わった将の誰もが秀吉こそを実質の大将と見極めていた。光秀が怖いからといって、みずからの手勢の尻を叩いて突出するわけにもいかない。羽柴勢が後背で腰を据えているからこそ、味方は迷いなく敵勢を追うことができるのだ。

それに、秀吉の率いる二万の兵には、先頭を駆けるほどの力は残されていなかった。

雨中のなかを備中から走りづめだったのである。道程の城で休息を取ったとはいえ、多くの者は野辺に寝転がってわずかの眠りを得た程度。満足に休めるはずもない。

裏切り者の光秀を討つ。

その一念だけで、ここまで辿り着いたのだ。満身創痍で、存分な働きは望めなかった。

それで良いと秀吉ははなから思っていた。

羽柴の大軍が主の死を聞きつけ十日ほどで備中から戻って来たと知れば、畿内の将たちは動揺を隠せないだろう。そこに、佐吉と官兵衛に命じ、主が本能寺を脱し、生きているという噂を方々にばら撒かせた。同心を求めるための将への書状にも、秀吉ははっきりと主の存命を記し、彼等の心を揺さ振った。

策は功を奏し、中川清秀や高山右近が味方に加わった。

戦自体を畿内に留まっていた者たちに任せることは、はじめから決めていた。敵勢がこちらの四分の一程度であることは、富田で軍議を開いた時からわかっていた。羽柴勢は後詰として備えているだけでよい。

勝てる。

並の将が相手であれば間違いないだけの数の多寡であった。

しかし。

相手は惟任光秀である。

どれほどの策が待ち受けていることか。

雲散霧消する敵を目の当たりにしても焦りと迷いは消えない。

「佐吉っ！　佐吉はおるかっ！」

目は戦に囚われたまま、秀吉は子飼いの若者の名を呼んだ。

細面の白い顔を重そうな兜で包んだ若者が、秀吉の馬の下に駆け寄る。石田三成と名乗るこの若者を、秀吉は近頃重宝していた。幼少の頃、寺の小僧をしていたのを見付けて拾ってきた時から、この男の才気には目を付けていた。その才を磨くため、小一郎や官兵衛に政や策謀のいろはを叩き込ませている。今回の強行軍でも兵たちに先行させ、兵糧や宿所などの手配を命じた。無事にその任を終えた後、富田での軍議が済むとともに近習として戦に従わせていた。

「佐吉っ！」

訳もなく怒鳴ってしまう。心が昂ぶって、声が思うままにならない。足元に侍る佐吉に聞こえているか不安になって、つい大声になってしまうのだ。

「は」

主の高揚などどこ吹く風といった様子で主の馬の歩調に従いながら、佐吉が淡々と答えた。

「敵はどうなっておる」

前のめりになりながら問う。

佐吉は手にした槍を肩に置きながら、馬の隣に並んだ。

「敵はすでに軍勢の体《てい》を成しておりませぬ」

「光秀は……。光秀はどうなっておる」

「池田勢をはじめとした御味方が本陣のある御坊塚へと達し、惟任勢の潰走が始まっております」

「逃げるか」

「わかりませぬ」

平坦な口調で佐吉が答える。その淀みない言い振りは光秀を思わせた。そういえば姿形もあの男に似通っている。細身で武働きが不得手であるのは秀吉と同じなくせに、すらりと細く伸びた体軀と涼やかな顔貌で、一際目を引く。主に禿鼠と仇名された醜い己とは大違いである。

腹立たしい……。

が、佐吉は使える。

やっかみで才をないがしろにするような真似は好まない。もし主が醜い男を側に置くのを嫌ったならば、己はいまこの場にいない。

才こそが最上。

主の教えであった。

そして今、秀吉は己よりも才に長けた光秀を超えようとしている。

いや。

もしも、才のある者が勝つというのなら、光秀よりも秀吉の方が才に恵まれていたということではないか。

ひと言で〝才〟と言っても、武将としての才はひとつの事柄では語れない。武働きも政も、策謀も、運も、すべてをひっくるめて量られるものだ。

主に愛でられていた頃の光秀の才は、間違いなく秀吉に勝っていたのだろう。だが、今この場での才は秀吉の方が勝っている。

信長を殺した。

その一事によって光秀は才に見放されたのだ。天運という名の、目に見えない才が光秀の元を去った。そして、秀吉をこの場の大将に押し上げたのである。

逆転したのだ。

いや……。

今から天地をひっくり返すのだ。

秀吉みずからの手によって。

「親父ぃぃぃぃっ！」

羽柴勢を掻き分けるようにして荒くれ者が駆けて来る。その髭面を見て、佐吉が小さな溜息を吐いた。佐吉のことなど眼中にない髭面は、満面に笑顔を張り付かせながら、槍を振り振り駆けてくる。

「親父っ！」

鎧の上からでも分かるほどに髭面が胸を張った。

「なんじゃ市松」

髭面の幼名を呼ぶ。

今は福島正則などと大層な名前で皆に呼ばれているが、秀吉は幼い頃からこの男を知っている。母の妹の子であり、秀吉にとっては従兄弟《いとこ》にあたる。

身ひとつで成り上がった秀吉には、父祖より受け継いだ所領がない。所領がないということは米を得られぬというだけではなく、代々己に仕えてくれる家臣がいないということであった。武士にとって重代の臣がいないということは、米が得られぬことよりも深刻である。

主より城を与えられても、秀吉には手足となって働いてくれる者がいない。近江長浜の地を与えられた際、秀吉は浅井家の旧臣の多くを召し抱えたのだが、それは、みずからの臣がいなかった故の苦肉の策であった。

身命を賭《と》し、秀吉のために手足となって働いてくれる者は、やはり肉親に求めなければならぬ。秀吉は桶屋の倅であった市松のような地縁のある男児を近江に呼んで、妻の於禰の元で養育したのである。

そんな子供たちのなかでも市松は、母の従姉妹の子である虎之助とともに、腕っぷしの強さでは抽んでていた。佐吉に政での働きを期待しているのに対し、市松と虎之助には武功を望んでいる。実際に備中からの道中での二人は、他の兵たちの先頭に立って遮二無二駆けてくれた。

「敵が逃げてくぞ親父っ！」

子のいない秀吉は、市松に親父と呼ばれる度にこそばゆい気持ちになる。嬉しくないわけではない。なんだか照れ臭い気持ちになるのだ。

野太い指で背後をさしながら、市松が髭に覆われた分厚い唇を笑みの形に歪めつつ続ける。

「光秀を守る本陣の兵たちは、勝龍寺城に逃げ込もうとしてるみてぇだ。池田様をはじめとしたこっちの兵が、追いかけてる。勝った、勝ったぜ親父っ！」

体の芯に響く市松の大声で勝ったと連呼されると、誰に言われるよりも強い実感を覚える。にやつきそうになる頬を引き締め、秀吉は首を振った。

「まだじゃ。油断はならぬ。相手は光秀じゃ。首を見ぬまでは勝ったなどと浮かれてはならぬ。佐吉」

足元に侍る佐吉を横目で見た。有能な若者は、市松とは対照的に敵味方五万もの大軍がぶつかった大戦のなかでも顔色ひとつ変えない。主の呼びかけにも目を伏せ静かにうなずいて応えながら、静かに言葉を待っている。

「気を緩めず、追撃の手も緩めるな。光秀が城に入ったら、全軍で速やかにこれを囲めと皆に伝令を飛ばせ」

「は」

短い返答を吐いて佐吉が背をむけ走り出す。その後ろ姿を、市松が口をへの字に曲げながら見送った。武骨な市松は、賢く荒事が苦手な佐吉のことを嫌っているようだった。

「好かぬか」

「え……」

問いの意味を計りかねたかのように、市松が首を傾げる。

「佐吉のことよ」

「あぁ」

主の前であるというのに、市松はまったく物怖《ものお》じしていない。みずからの言葉の通り、秀吉のことを親父であると思っている。この青年の心中では、いまだに二人の関係は長浜城でともに暮らしていた頃のままなのだ。そんな市松の想いを、秀吉も別段咎《とが》めるつもりはない。

父と子。

それが、二人にとって最良の関係であるように思えた。秀吉が父であるからこそ、市松は己の命を投げ打って槍を振るってくれる。虎之助もそうだ。

そして。

佐吉も。

「奴は御主の兄弟同然であろう」

「誰が……」

「佐吉は御主の兄ぞ。兄に対する態度というものがあろう」

市松は佐吉のひとつ下である。

「べ、別に儂は、佐吉のことを嫌うておるつもりは……」

「睨んでおったではないか」

「え……。わ、儂ぁ、睨んでなぞおらんがね」

うろたえると市松は国の言葉がつい出てしまう。

「ぷふっ」

思わず秀吉は笑ってしまった。同郷の言葉の響きが心を解す。

周囲を取り囲む兵たちはゆっくりと前進を続けている。山崎の街は背後に遠ざかり、最前まで光秀が本陣を置いていた御坊塚のあたりを通り抜けようとしていた。すでに最前を行く兵たちは勝龍寺城へと迫っていることであろう。気付けば戦の声が遠ざかっている。聞こえてくる悲鳴は逃げ惑う敵兵のものだ。

戦いの気配が遠くなったことも、秀吉が気を緩めた一因であった。

「なんで笑うたんじゃ親父」

「おみゃあが尾張の言葉を使うたからだで」

秀吉もお国なまり丸出しで語る。そうすると一層、心が緩む。相手は光秀、油断は禁物と思いながらも、あまりにも緊張し過ぎている己を律する意味も込めて、市松の言動に乗ってみることにした。

父が言葉を和らげたことにすっかり気を良くした市松が、秀吉の馬に並んで歩を進める。

「親父だって国のなまり丸出しだがね」

「おみゃあの所為だて言うとるだろうが」

「止めてちょおよ。ここが戦場やということを忘れてしまいそうになるがね」

息子の言う通りだった。市松の砕けた言葉を耳にしていると、ついつい尾張にいた頃を思い出してしまう。

なにもなかった。

銭なども ちろん持ちはせず、その日を凌《しの》ぐ食い物さえもなかった。百姓になんかなりたくないと母親の元を飛び出し、村に背を向け、商人の真似事などをして糊口《ここう》を凌いだ。商人などといっても当然店などなく、主を持つわけでもない。わずかな銭で針を仕入れ、一軒一軒訪ね歩いて売りさばく行商人である。売れなければ飯にありつくこともできず、空を屋根とし野原に寝ころび眠りにつく。喰うや喰わずの毎日であった。

それがどうだ。

今では四万を超す軍勢の実質的な大将である。

下人同然で織田家に転がり込んで、主との邂逅を果たし、主に引き上げられ、天下へとひた走る主のおこぼれをいただきながら、ここまで来た。

織田信長という男がいなければ、羽柴筑前守秀吉はいない。

「ぐふっ……」

不意に感情が込み上げて来て、秀吉は思わず嗚咽《おえつ》を漏らした。それを耳聡く聞きつけた市松が馬上の父を見上げながら、眉間《みけん》に皺を寄せる。

「どうした親父」

「なんでもねぇ……。なんでもねぇ」

洟《はな》を啜《すす》る。

その姿を見た市松が口をへの字に曲げて前を見た。

「親父が信長様の仇を取ったんだがね」

胸を張って大股で歩く市松を見ていると、下瞼から熱い物が溢れ出そうになってしまい、秀吉は進軍する軍勢の背へと目をむけた。

「まだじゃ。まだ光秀は討っとらんがね」

「光秀は終わりだがね。どんな策があろうと、惟任家が浮かび上がることはもうあるみゃあよ」

市松の言葉は強い。なんの証拠もなく言い切ってしまう。そういうところが腕っぷしの強い武人然としているのだが、市松自身は自覚している素振りはない。根拠のない言葉なのだが、妙な安心感があった。

惟任家が浮かび上がることはもうない……。

たしかに市松の言う通りであろう。秀吉は勝ったのだ。勝龍寺城に籠ったとしても、兵は数千あまり。多く見積もっても三千というところか。斎藤利三に高山右近等が手こずったとはいえ、こちらの損害はさほど大きくない。三万五千以上の兵は優に残っている。四倍程度であった兵数の差が、十倍以上にまで膨れ上がっていた。総大将の三七信孝か秀吉が許さない限り、光秀は死を免れない。そして、それは絶対にありえない。光秀は主殺しの大罪人。信孝にとっては親の仇、秀吉にとっては主の仇である。光秀が生きる道はもはやないのだ。

この状況をくつがえすほどの策を光秀は持っているのだろうか。

少なくとも秀吉には思いつかない。

光秀も惟任家も終わった。

先刻から幾度も秀吉は己の心に言い聞かせている。

「親父」

前をむいたまま市松が言った。

「なんじゃ」

秀吉も行く末を見据えたまま答える。

盛り上がった肩に槍を載せ、大きく体を上下させながら歩む市松が、声を潜めて父親に問いを投げる。

「こっから親父はどうするつもりがね」

「どういう意味じゃ」

親子は前を見たまま歩む。家中随一の猛者《もさ》である市松が身辺を守っているからか、旗本たちが二人を遠巻きにしながら馬を進める。親子の会話を耳にできる者はいなかった。それを見越した上で、市松はそれでもなお声を潜める。

「信長様の仇を取ったのは親父に間違いにゃあ。柴田修理でも惟住越前でもにゃあ」

秀吉には光秀謀反からの争乱を終息させた大功があると市松は言っている。

そんなことは今更、言われなくともわかっていた。

謀反人惟任光秀を討つというこれ以上ない武功のために、秀吉は備中から舞い戻ったのは確かだ。織田家中で抽んでるためには、今回の戦は必要不可欠であった。織田家第一の臣となるために主の死を利用したといわれても、秀吉は否定することができない。

「こんまま織田に仕えるんか」

「どういう意味じゃ」

息子を馬上からにらむ。

その視線に気付いた市松が、覇気に満ち満ちた惚れ惚れするような顔付きで、秀吉を見上げていた。いつ何時、誰の首でも獲ってきてやる。ぎらついた市松の瞳がそう告げているようだった。

「信長様も信忠様も死んだ。もう織田に人は残っとりゃせんがね」

「三七様も北畠様もおられる」

北畠信雄は嫡男信忠と三七信孝に挟まれた次男である。伊勢北畠家を継ぎ、北畠を名乗ってはいるが、れっきとした織田信長の子息であり、織田家の惣領になる資格を有している。

「子等に信長様の跡は務まりゃせんがね」

市松が無礼に吐き棄てる。己の主はあくまで秀吉であり、織田家にはなんの恩もない。張り出した分厚い胸が、明確にそう告げている。

「面倒なのは柴田や惟住だがね」

織田家の重臣連中は秀吉同様、信長の覇道を支えてきた歴戦の猛者たちである。織田信長の子として安穏に暮らしてきた信雄や信孝などよりも、戦国武将としての器を有していた。

「さっきからおみゃあは何が言いてぇんだ」

きつい口調で窘める。だが市松は止まらない。

「親父が信長様の跡を継いで天下を取りゃええがね」

市松の言葉は強い。

織田家の重臣たちの間合いも、諸大名との体面も関係ない。複雑に絡み合う物事を、獣然とした武人の視点で乱暴なまでに簡潔に斬り裂き、残った答えを秀吉に見せつけるように語って聞かせる。だから、短いくせに妙に心に強く響く。

たしかに……。

まわりを見回して、己よりも目端の利く者は織田家中にはいない。いるとすれば、いま戦っている光秀だけだ。

「光秀の首を獲ったら、その勢いに乗って三七殿も殺してしまやええ。安土を乗っ取り、近江を手にして、都の帝に天下は親父に任せると言わせりゃええ。そうすりゃ、周りの者も文句は言ええみゃあよ」

「それじゃ、やっとることは光秀と変わりゃせんがね」

言いながらも、心のどこかでは違うと思っていた。市松の言う通り、この戦の勝利の勢いに乗じ、天下に覇を唱えるならば、恐らく光秀よりも上手くやれるだろう。速やかに織田家を乗っ取り、柴田や惟住、関東の滝川等を屈服せしめ、主の跡を継ぐことも可能であるかもしれない。

だが……。

心の真ん中にある想いは、決して功名ではなかった。

光秀は、父親同然であった織田信長を奪ったのだ。父を殺した光秀が憎い。市松が秀吉を父だと思っているように、秀吉にとって織田信長は父であった。血縁の繋がりが無いからこそ、市松よりも想いは濃かったかもしれない。父同然である信長のためならば、本気で死んでも良いと思っていた。現に秀吉は、越前朝倉を攻めた金ケ崎《かねさき》の陣の折、浅井長政《あざいながまさ》の裏切りにあって窮地に陥った主を救うため、決死の殿を務めたこともある。死ねと命じられたも同然の殿戦の最中、秀吉は織田信長のために死ねることを誉れであると喜んでいた。

そんな主が突然死んだ。

天下を目前にして。

そんなことは思ってもみなかった。

みずからの到来とともに毛利を屈服させ、九州へとむかう。それが主の望みであった。現に主は明智光秀を惟任光秀、丹羽長秀を惟住長秀と改名させた時、簗田広正《やなだひろまさ》には別喜《べつき》、塙直政《ばんなおまさ》には原田《はらだ》を名乗らせている。この時、主は四人の名が九州の名族に由来していると語った。四人の改名は、後々は九州をも手に入れるという主の大望を示す行いであったのである。

北陸は柴田、関東は滝川、四国は惟住と、主は四方に手を伸ばし、日ノ本全土の侍を織田家の支配に置くことに邁進していた。そしてその大望は、実現の一歩手前まで確実に辿り着いていた。

帝が主を将軍、関白、太政大臣、いずれかの職に任じると言っているということを、秀吉は備中で聞いて天にむかって吠えた。三職《さんしき》のいずれに任じられたとしても、帝が主を武家第一の男であると認めたことに変わりない。

名実ともに主は日ノ本随一の侍になろうとしていた。

その時、己は織田家随一の臣たらん。

秀吉はそう願い、目前の敵と対峙していたのである。主を超えるなど、頭を過ったこともない。

織田信長こそが、秀吉という一個の武士を支える大黒柱だったのだ。

光秀……。

秀吉からなにもかもを奪った。

だから殺す。

本当にそれだけしか考えていなかった。

そんな秀吉に血肉を与えてくれたのは、官兵衛だった。

主が死んだ時、官兵衛は秀吉の運が開けたと言った。はじめはなにを言っているのかわからなかった。主の死は、秀吉にとってまぶしい陽の下から一気に暗闇のどん底に叩き落とされたようなものだった。凶事以外のなにものでもない。

運が開けた……。

とんでもない。

主のいない天地など、死ぬまで明けぬ夜を歩むのとなんら変わりない。

しかし、官兵衛の言葉が耳から喉へと降り、腹中へと染みわたると、じんわりと真意が見えてきた。

天下だ。

考えてもみなかった天下が、目の前に転がり落ちてきたのである。漠然とではあある。漠然とではあるが、主という巨大な壁が立ちはだかっていた時には気配すらも感じられなかった天下という眩し過ぎるほどの陽光が、主が去った道のむこうの隙間からうっすらとだが秀吉を照らしていたのだ。

それでも。

秀吉の心の真ん中にどっしりと居座っていた織田信長という大黒柱が去った後、その大きな穴を埋めたのは、惟任光秀を己の手で殺すという薄暗い憎しみだった。

天下はその先だ。

追いかけるにはまだまだ遠過ぎる。

「今は目の前の戦に集中せい」

「じゃが親父」

「だまりゃあ市松」

なおも追いすがる従兄弟を馬上からにらむ。強かに雨に打たれているくせに、市松の精強な顔は油を塗ったようにぎらついていた。その生々しい艶《つや》を保った浅黒い顔をまっすぐに秀吉に向けながら、若き従兄弟は不服そうに口を尖らせる。

「おみゃあの務めはなんじゃ。儂に進言することか。違うがね」

盛り上がった肩に載る重そうな槍を、秀吉は指さした。

「その槍は飾り物か」

「違わい」

尖らせた口から雨と唾を飛沫にして吐き出しながら、市松がそっぽをむく。

「じきに勝龍寺城じゃ。こんなところで油売っとる暇はあるみゃあよ」

「わかっとる。じゃが儂は、親父こそが天下を取る器じゃと信じとるがね。それだけはわかってもらいてぇ」

素直で一途。それ故に言葉が強い。市松の強い言葉が、秀吉の背を押す。

「わかっとる。わかっとるだで市松。儂はちゃんと考えとるから、おみゃあも儂のためにしっかりと働いてちょ。おみゃあたちの働きが、こっからの儂を作る。虎之助にもちゃんと言うとってちょ」

「もちろんじゃ」

力強くうなずく市松の髭が笑みに揺れる。

「さぁ、もう行け」

父の言葉を背に受けて、年の離れた従兄弟は兵の最前にむけて走り出した。それと行き違うように、ずぶ濡れの佐吉が荒い息とともに戻って来た。

「すでに御味方は、光秀の籠る勝龍寺城を囲んでおりまする」

「我等も包囲に加わるぞ。城に着いたら皆を集めて軍議を開く」

佐吉は静かにうなずいて、ふたたび静かに駆けだした。

「天下……。か」

身に馴染まぬ言葉だった。

黒田官兵衛が常から暗い顔に、いっそう陰険な気配を漂わせながら、諸将の視線を一身に受けていた。右方に並ぶ床几の一番上座に近いところに座しながら、秀吉も諸将とおなじく、陰気な臣下を見つめる。

勝龍寺城を包囲する兵たちの背後にある寺を借り受け、本堂に諸将を集めて軍議を開いている。屋根の下に並ぶ床几に腰をかけてはいるが、散々雨に晒された甲冑や陣羽織を羽織ったままであるから、汗と血の匂いが混ざった湿気が室内に横溢して、息苦しい。本尊のある一面以外の三方の戸を開け放たせているのだが、いっこうに止まない雨の所為で、不快な湿気が室外に逃げてくれることもなく、秀吉は吐きそうなほどの息苦しさを感じながら、陰鬱な家臣の面を眺めていた。

「逃がす……。御主はそう申しておるのだな」

秀吉は静かに官兵衛に問う。

「左様」

陰鬱な官兵衛の顔が小さく上下した。顔の右側に点々と散らばるどす黒い染みが、官兵衛の面を余計に暗く見せている。主を裏切った荒木村重が籠る有岡城に、一年あまりも幽閉されていた折にできた染みであった。

官兵衛の掠れた声を聞いて、秀吉とともに並ぶ床几の列から怒号が飛んだ。

「ここまで追い詰めて、逃がせるはずがなかろうっ！　逃がすのならば、今日の我等の働きはいったいなんであったというのかっ！」

いきり立ち、叫んだのは主の乳兄弟である池田恒興であった。主が幼い頃から側に仕えている恒興は、加藤光泰とともに斎藤利三勢をやり過ごすように淀川縁を進み、円明寺川を渡って斎藤勢の背後に控えていた敵勢の横腹を突き、その混乱に乗じて本陣を突き崩すと言う大功を挙げた。城の包囲の隙間を開けて、あえて敵を逃がすと言った官兵衛の言葉に激昂するのも無理はない。

そう……。

今度の戦に参陣した将たちを集めた軍議の席上、開口一番官兵衛が言い放ったのが、十重二十重と城を取り囲む兵たちの北面を開けて、敵を逃がすという策であった。奸臣光秀をこの地で討つと息巻く諸将たちにとって、官兵衛のこの言葉は信じられないことだった。

「儂も恒興と同じ想いぞ」

上座からやけに尖った声が聞こえた。目を伏せ、秀吉は首をかたむけ顔をむける。そこには青白く細長い顔があった。父に似た薄い髭を唇の上に生やし、筋の通ったほっそりと尖った鼻が真ん中に鎮座している。一見すると父である信長に瓜二つであった。が、肉がたるみ、主とは似ても似つかぬほどに顔が緩んでいる。

三七信孝だ。

「ここまで追い詰めておきながら、わざわざ逃がすと申すのは、得心が行かぬ。逆臣惟任日向守光秀はこの地で討つ。城に籠った兵は一兵たりとも逃がしてはならぬ」

秀吉のことなど一顧だにせず、信孝は耳障りな甲高い声を、まるで己が臣であるかのごとき高慢さで下座の官兵衛に投げた。陰鬱な秀吉の臣は、それを黙然と受け止めて音もなく体を前にかたむける。顔を伏せたまま、静々と言葉を吐く。

「死を覚悟した兵は強うござります。たかだか千と侮れば、痛い目を見まするぞ」

五千ほどはいたであろう光秀の本軍は、敗走のなかで散り散りとなり、城に籠ったのは千あまりであった。囲む味方は斎藤勢の奮迅の働きの前に減らされはしたが、四万に届かんとするだけの数が残されている。それだけの兵に囲まれているのであるから、敵に逃げ場はない。信孝が言うように一兵残らず殺すことは、無理な話ではなかった。

「だからどうしたっ！」

恒興が鼻息を荒らげる。

「どれだけ相手が恐ろしき敵であったとしても、これだけの大軍を相手に勝てる訳がなかろうっ！　多少の犠牲は覚悟の上じゃ。一気に押し潰してしまえばよかろうっ！」

「落ち着かれよ池田殿。我等は敵ではござらぬ」

恒興の隣に座る高山右近が、敬虔《けいけん》な切支丹教徒らしい穏やかな声で諭す。この男も先陣として今回の戦では斎藤利三の猛攻を凌ぎきるという地味ながら堅実な武功を挙げている。

「では、池田殿が御自ら、犠牲を払うて下さるのですな」

右近の取り成しの言葉を聞き流して、官兵衛が恒興に詰め寄った。

「そ、そういうことを申しておるのではない……」

今一歩というところで恒興という男は覚悟に欠ける。男らしい景気の良いことを口にするのだが、それをみずからに迫られると余所に尻をむけてしまう。この辺りのところに、主の乳兄弟《ちきょうだい》という立場にありながら、織田随一の猛者である柴田勝家との間に埋められぬほどの差を作ってしまった理由がある。当然、官兵衛は恒興の弱気も承知しながら、言葉を選んでいる。お前がやれと言われれば、恒興が尻ごみするのは、秀吉にもわかっていた。

不服を眉間の皺に存分に漂わせながら口をつぐんだ恒興から目を逸らし、官兵衛が秀吉を正面から見据える。その真っ直ぐな視線には、隣で顎を突き出しながら己を見下す信孝など捉えていない。

「如何なさりまするか」

この軍勢の総大将は信孝である。が、決断する任は秀吉が担っている。それを明らかにせんとするため、官兵衛はあえて語気を強めて問うた。

「お待ち下され」

右近の正面に座する男が口を開く。

居並ぶ侍たちのなか、四十がらみの男が、己を見つめて笑っている。眉の太い頑迷そうな顔付きは、かつての光秀の与力、中川清秀のものであった。

清秀は秀吉を見つめたまま、その発言を求めるでもなく己から口を開き、言葉を続ける。

「我等は信孝様の元に集い、惟任日向守追討の兵を挙げたのではござりませぬか。なれば、黒田殿の策を要れるか否かを決めるのは、筑前殿ではなく、信孝様にあらせられると思うが如何かな」

信孝が合流するよりも先に、羽柴勢に従う旨を畿内の誰よりも早く表明したくせにと、秀吉は腹の裡で清秀に毒づく。もちろん、顔色にそんな邪気をちらつかせるような愚かな真似はしない。清秀の言には一理も二理もある。ここで己を押し出すほど厚《こう》顔無恥《がんむち》な真似をする秀吉ではなかった。

にこやかにうなずき、清秀に語りかける。

「たしかに中川殿の申される通りじゃ。信孝様が総大将にござる」

きっぱりと言い切って、清秀から官兵衛へと視線を移す。

「ただ……」

声をわずかに落とした。

皆が固唾を飲みながら、秀吉の言葉を待っている。

「儂も池田殿と同じく、包囲を開けて敵を逃がすのはどうかと思う」

理だけを考えれば、官兵衛の策に異論はない。秀吉は無駄な死は望まない。力押しで攻めて自軍に損害が出るくらいならば、包囲を続けて敵の消耗を待つ。播磨、備前、備中での戦いではそうやっていくつもの城を落としてきた。時には非情なまでに敵兵を餓えさせ、時には人の手で作り上げた湖上に城を孤立させ、味方を守り、敵の心身を削る戦いに臨んだ。

敵兵をわざと逃がすことで無駄な損害を避ける。

その策に不服はないのだ。だが、秀吉の心がそれを許さない。

今度だけは……。

この籠城戦だけは、どれだけの味方が死んでも、光秀を始末するまでは終わらない。屍の山を築き、光秀の首を獲ることが、今度の戦の終焉《しゅうえん》ではないのか。恒興のような武功のためではない。信孝のような体面でもない。

私怨である。

主を殺した光秀をこの手で始末する。

そのためならば、どれだけ味方が死のうが知ったことではない。ここに集う者全てが死んだとしても、光秀が討てれば秀吉はそれで良かった。たとえ、眼前に座る官兵衛が死んだとしても、それで憎き光秀の首をこの手で狩れるのならば、秀吉は迷わず修羅の道を選ぶ。

秀吉の言葉を救援と捉えたのか、恒興がわかりやすく顔を赤らめ、大きく身を乗り出しながら秀吉を見つめている。

見縊《みくび》るな……。

恒興の視線から目を逸らしながら、秀吉は心にささやく。

光秀の首を最高の武功だと思い定めるような矮小《わいしょう》な想いなど持ち合わせていない。もし、秀吉みずからが首を斬り落とすことができたとしても、武功など誰かにくれてやって良い。

殺したいのだ。

光秀を。

血に塗れたあの男の首が欲しい。

それだけなのだ。

「このまま囲み、敵の疲れを待ち……」

「時を要さば、後詰が現れるやもしれませぬ」

秀吉の言をさえぎり、官兵衛が言った。

「もはや惟任に残されておる兵など、取るに足らぬわっ！」

恒興が吐き棄てる。それを受け、右近が続く。

「この場におらなんだのは明智左馬助くらいかと存じまする」

「我が物見の報せでは、安土城を守っておるということだが」

言った清秀が上座の信孝をうかがう。

「我等に勝るだけの兵は集まらぬか」

信孝がつぶやき、右方に控える秀吉に堅い笑みをむけた。

「後詰が現れたとしても、恒興の申す通り敵ではあるまい」

このまま包囲し続けることが、総意になろうとしていた。

ただ一人、秀吉だけが官兵衛の真意を理解している。官兵衛の言う後詰とは、光秀の味方のことではない。

織田の後詰なのである。

戦が長引けば、主の死を聞きつけた各地に散らばる重臣たちが、北陸の柴田あたりを筆頭に次々と戻って来る。そうなれば、秀吉の優位は瞬く間に消失してしまう。光秀を追い詰めはしたが討つまでには至らず、他の重臣たちの結集を待っただけ。秀吉の立場はさほど変わらない。

それでも良いのかと官兵衛は問うているのだ。

秀吉の私怨は十分にわかっている。その上で官兵衛は今度の戦の功を棄てるつもりなのかと言っている。それは微かに見え始めた天下への道を諦めるのと同じなのだ。柴田たちと肩を並べて主無き織田家を守り立ててゆくただそれだけの存在になるのかと、官兵衛の闇をはらんだ瞳が秀吉に迫っている。

越前から戻ってきた勝家は、まだ光秀が討たれていないと知れば、小躍りして喜ぶだろう。秀吉に先を越され大きな顔をされることもなく、信孝を総大将に己を家臣筆頭として戦に臨み、光秀を討つはずだ。

そうなれば秀吉の出る幕はない。

何故、己は早々に毛利と和睦して、畿内に舞い戻ってきたのか。この手で光秀を討つためではないか。時を過ごせば、その機すら失われてしまうと官兵衛は言っている。

ならば……。

答えはひとつしかなかった。

「やはり、包囲に隙を作りましょう」

「筑前っ！」

いきなりの変心に、恒興が思わず床几を蹴って立ち上がった。いまや恒興よりも秀吉の方が織田家の臣としての格は上である。だが、下人同然で織田家に潜り込んだ秀吉よりも、若き頃の恒興の方が何倍も格上であった。意想外の言葉に動転するあまり、心の裡で秀吉を見下している恒興の心根が言葉となって口から零れ出したのだ。

立ち上がって顔を紅潮させる恒興から目を逸らすように、秀吉は上座に体ごと向いた。収まらない恒興は、顔を逸らした秀吉に怒号を浴びせる。

「光秀を逃がして安土におる左馬助と合流させれば厄介なことになるぞ」

「もはや惟任に残された兵など取るに足らぬのではなかったのですかな」

先刻恒興自身が吐いた言葉を、そっくりそのまま返してやった。己自身に論破されてしまった主の乳兄弟は、返す言葉を失って震えているようである。

秀吉は努めてにこやかに上座の信孝に語りかけた。

「隙を作らば、先に逃げ出すのは命が欲しい足軽どもにござりまする。光秀が逃げるとしても最後。ともに従う者もわずかにござりましょう」

「逃げた足軽どもが安土や坂本へと……」

「それはありますまい」

甲高《かんだか》い声をさえぎって、穏やかな声を投げる。

「もはや惟任家に浮かぶ瀬はござりませぬ。それは足軽どもも重々承知。いまさら忠義を貫いたとて、見返りがあるでもなし。褒美も得られぬとなれば命を惜しむのが下々にござります」

織田信長の子として生まれ何不自由なく暮らしてきた信孝に、足軽の心根などわかるはずもない。丁寧に噛み砕いて説いてから、部屋の左右に侍る男たちを眺める。

皆が秀吉の決断を求めるように口を噤んでいた。先刻怒りに任せて立ち上がった恒興も、みずから床几を設え直して元の場所に腰を下ろしている。

「ここは官兵衛の申す通り、北に隙を作り、兵たちを逃がしてみては如何かな。千あまりの兵を、刃を交えることなく散らすことができまする」

先刻の言を撤回したことなど噫《おくび》にも出さず、はじめからそれが己の考えであると言わんばかりに堂々と言ってのける。

「先刻から申す通り……」

居並ぶ男たちを代表するかのように、清秀が切り出す。太い眉の下にある目が秀吉ではなく上座の信孝を捉える。

「信孝様の命があらば、某は包囲を緩めずに戦うても、隙を作っても良い。あくまで信孝様の命に従いまする」

それが道理ではないか……。

吊り上がった清秀の眉尻に、自信がみなぎっている。荒木、そして惟任。裏切り者の与力でありながら、常に織田家に忠を尽くしてきた中川清秀という男の矜持を垣間《かいま》見《み》た気がした。決して秀吉に対しての悪心《おしん》ではなく、武士の道理を最上のものとした上での発言であることは、清秀の清廉な眼差しを見ていればわかる。

真っ直ぐな清秀の眼差しに、笑みのままうなずきを返し、秀吉は黙ったまま様子をうかがっている男たちに視線を投げた。

「皆様方は如何かな」

「某は」

右近だ。

「黒田殿の申されることに同意いたす」

「右近っ、貴様っ！」

裏切り者と言わんばかりに、恒興が怒りを浴びせる。しかし右近はまったく動じず、秀吉に顔をむけながら続けた。

「これ以上、無駄な死は避けたほうが良い」

「切支丹めが」

「さにあらず」

不服を滲ませた恒興の言葉に毅然と返し、右近はみずからの想いを口にする。

「信長様の死を知り、未だ織田家に臣従せぬ各地の大名たちがいつ何時、牙《きば》を剝《む》いてくるやも知れませぬ。そんな最中、領国にある兵を無益な争いで損じるのは得策とは思えませぬ」

「たしかに右近殿の申されることにも一理ある」

秀吉は受ける。

「いまは惟任の領地であるが、光秀を討った後は織田家のいずれかの者の物となる。そうなれば、いまは敵である者たちに、槍を取って戦ってもらわねばならぬこともあろう。勝ちに乗じ、殺さなくとも良い兵を殺し、無駄な恨みを買うことはあるまい。

そうは思われぬか池田殿」

行く末まで見越した右近の言葉を、みずからの舌で補強し、恒興に投げる。さすがの恒興もこれ以上の強弁は無益であると悟ったか、天井を睨んで押し黙った。

「では」

秀吉は上座に笑みを向ける。

「如何なさりまするか」

「北の囲みを緩めよ」

信孝の言葉に迷いはなかった。この短い間に言をひるがえしたことに気付いていない。

安堵するような顔色で、男たちがいっせいに頭を垂れる。結局、秀吉の思うままに軍議は運び、落着した。

天下という言葉が時を経るごとに、秀吉の心中で光を増してゆく。

信孝は壁ではなかった。

おそらく信雄も……。

秀吉はおもむろに立ち上がり、頰を緩ませ腹から声を吐く。

「あとひと踏ん張りにござりまするぞ皆の衆っ！」

「応っ！」
恒興までもが拳を突き出し叫んでいた。
己の手に凄まじい何物かがつかまれようとしていた。
秀吉はそのたしかな感覚を味わいながら、光秀の首を夢想する。
主の仇と天下。
いずれも逃すつもりはなかった。

北の包囲が緩んだことは城内の兵に瞬く間に知れ渡った。夜分、味方の目を逃れるようにして、惟任の兵たちは次々と逃げ去っていった。
光秀がわずかな人数とともに城から逃げたことを秀吉が知ったのは、もはや追撃を命じる機すら失ったあとだった。

撥
惟任日向守光秀

なにが……。
いったいなにがどうなったのか。
身中に蠢《うごめ》く無数の言葉が、ひとつとして形になってくれない。
織田信長。
本能寺。
瀬田川。
安土城。
備中高松。
勝龍寺城。
山崎。
羽柴秀吉。

そして……。

惟任光秀。

なにがなにを意味するのか。それすらも定かではない。音と化した言葉の端切《はぎ》れが、足の指先から脳天までびっしりと詰まって、血潮のごとく体じゅうを巡っている。

足が前に出ているのか。

泥土が足を運んでいるのか。

とにかく体は前へ前へと押し出されている。

どこに向かうのか。

どこから来たのか。

わからない。

なにもわからない。

ただただ体が重い。

もう……。

なにもかもがどうでも良かった。

＊

あれほど降り続いていた雨が、夜更け過ぎにぴたりと止んだ。泥と化した獣道を、明智日向守光秀は五人ばかりの臣とともに歩んでいる。

誰一人、言葉を発する者はいない。ただ黙々と闇のなかを歩んでいる。

とりあえず坂本へ。

その程度の道行きである。

敗けた。

完膚《かんぷ》無《な》きまでに敗けた。

ここまでの敗北を味わったのは初めてだった。

思い出される敗北といえば、丹波黒井城を攻めた時のことだ。味方であった丹波八《や》上《かみ》城の主、波多野《はたの》秀治《ひではる》の突然の裏切りに遭い、背後からの奇襲を受けて命からがら近江まで逃げ帰った。

しかし、あの時でも、光秀にはまだ再起の機があった。

散々な敗北を喫した光秀を信長は責めなかった。裏切りに遭ったのは仕方のないことし、いったん丹波攻略から手を引かせ、本願寺との戦の加勢を命じた。

あの時もたしかに敗けたが、光秀にはまだ歩けるだけの余裕があったように思う。ここからまた歩む。波多野秀治にはいつか、裏切りの代償を払ってもらわねばならぬ。それまでは死ねない。そうみずからに念じ、光秀は臥薪嘗胆《がしんしょうたん》、復讐の機を待った。

その甲斐もあり、丹波平定を成し遂げ、光秀は丹波一国を与えられることになる。

進めぬ……。

今回ばかりは道が見えない。

包囲された勝龍寺城を抜け出してはみたが、どこにむかえば良いのかすらわからない。ともに城を抜け出した腹心の溝尾《みぞお》庄兵衛《しょうべえ》が、ひとまず坂本城へとむかい、守兵たちを束ねてもう一戦しようと言うから近江を目指しているだけのこと。

己は果たして戦えるのだろうか。

光秀には自信がない。

そもそもこの戦自体、己は勝とうと思っていたのか。

言葉に詰まる。

主、信長を殺した。

それは信長に成り代わり、光秀自身が天下に覇を唱えるということである。現に帝は、光秀に都を任せるという旨の使者を安土に遣わした。

己は天下人である。

そう思う時がなかった訳ではない。信長を殺し、急場再建された瀬田橋を渡って安土城の天守に入って家臣たちを前にした時、信長だけが見ていた景色を目の当たりにし、己はここまで辿り着いたのだという感慨が胸を締め付けたのは間違いない。信長を殺したからこそ得られた物が、たしかにあった。惟任光秀であったから、見られた景色があったのである。

しかしそれは束の間の夢だった。

主を殺し、都を離れてから光秀に見えていたのは、鈍色に染まった天地であった。いっさいの色が失われた、霞んだ天地の狭間に放りだされた光秀には、それまで己が息をしていた場所と、今立っているところが同一だとはどうしても思えなかった。

織田信長と共にあった世界。

織田信長が失せた世界。

二つの天地があの日、光秀の目の前で入れ替わったのである。

信長は死んだが、それでも時は流れてゆく。信長の失せた色褪《いろあ》せた天地に立ち、光秀は茫漠《ぼうばく》たる日々を送った。

まわりで家臣たちが騒がしく語らい合っていても、酒を呑み笑い合っていても、己だけが別の場所にいるような心地であった。皆の目には以前のまま、色の付いた天地が広がっていて、光秀のみが色の失せた場所にいるのだろう。恐らくそうなのだ。

壊れているのは光秀なのである。

わかっているのだが、心が上手く整理できない。

何故、皆はそんなに平然と生きていられるのか。何故、そんなに笑えるのか。何故、そんなに必死に戦えるのか。

なにもかもが理解できない。

「殿」

闇のなかで声がする。先を行く庄兵衛のものだ。

答える気力はない。

「夜が明けるまでに近江に入りとうござります。もそっと速う進みませぬと……」

明らかに光秀だけが遅れている。主を守るように庄兵衛をはじめとした五人の男たちが、光秀を囲み歩んでいるのだが、一人だけ足取りが重い。

別段、苛烈な戦いをしたわけではなかった。夕刻に始まった戦は日暮れ頃には決着がついたのである。前線を越えて突如現れた池田恒興の軍勢に側面を崩されてからというもの、あれよあれよという間に本陣の兵たちは逃げ去り、光秀は太刀を取る間もなく、勝龍寺城への撤退を余儀なくされた。

数刻あまりの戦。雨中での戦いであったとはいえ、旗本に守られていた光秀は疲れを感じることもなく城へと逃げ帰った。城に入ってからは、包囲の緩い北方にむかって味方の兵が次々に逃げ出していると知り、このままではわずかな手勢のみで城を守ることになり、とてもではないが瞬《また》く間に殺されてしまうため、一刻も早く逃げ出そうという庄兵衛の進言に従って城を抜けた。状況はめまぐるしく変わりはしたが、体を酷使するような局面は一切訪れなかった。

なのに、誰よりも足取りは重い。

「殿」

「済まぬ」

心配する庄兵衛に心から謝る。

己のような者に従ったが故に、闇に紛れてこそこそと逃げなければならなくなってしまったのだ。己が信長を討つなどと言い出さなければ、今頃庄兵衛は備中高松城を囲む羽柴勢と合流して、惟任家の一員として存分に働いていたことだろう。

後悔……。

家臣たちのことを想うと、そんな言葉が脳裏を過る。

「いずこかで馬を探して参りましょうか」

庄兵衛の気遣いに笑いながら首を振る。

「無用じゃ」

言いながら、重い足に速く動けと命じる。わずかに速まった主の歩調をたしかめ、庄兵衛が頬を強張らせて笑う。

「かならずや近江にてもう一戦……」

そこまで言って口をつぐんだ庄兵衛が背中をむけて歩き出した。緋《ひ》色で威《おど》された当世具足の袖が静かに震えている。泣いている姿を見せまいと、一歩一歩嚙み締めるようにして前を行く庄兵衛の背に、光秀は〝済まぬ〟と心の裡で詫びながら、後を追う。

方々で戦っていた家臣たちは戻ってこなかった。

斎藤利三も、どこに行ったのかわからない。先陣として山崎の街まで敵を押し込まんと奮迅の戦いを見せていた利三であったが、池田勢が本陣に乱入してからは、光秀の視界から斎藤勢の姿が消えていた。どこで誰がどうなったのか。報せはひとつとして入ってこなかった。近習として側に従っていた庄兵衛だけが、腹心のなかでは唯一敗走の供をしてくれている。

信長を討つとはじめて打ち明けた四人の腹心のうち、山崎の地で戦ったのは二人。先陣を務めた利三の右方に布陣していた藤田行政も、潰走の際に行方知れずとなっていた。娘婿の左馬助は、今も光秀の敗北を知らぬまま安土の城を守っているはずだ。もう一人の腹心、従兄弟の光忠《みつただ》は、二条城での戦いの折に怪我をして、都で傷を癒している。

いずれにせよ、信長を討つことを打ち明けた四人の男は誰一人光秀の元にはいない。

すでに惟任家という玉は坂を転がりはじめております。どこに着くかはわかりませぬが、共に転がりましょう……。

利三の言葉が脳裏に蘇る。

信長を殺して後、己の行くべき道を見失った光秀に、利三は共に転がろうと言った。己が天下への道を切り開くとも言ってくれた。

果たして、本当に転がって良かったのだろうか。光秀の心に虚ろが巣くっているのを見抜いた利三が懐刀を差し出し、死ねと言ったあの時、喉を突いて死んでいた方が良かったのではないのか。

もはやこの天地に、義父上の望むべきものはなにひとつ残っておらぬのではありませぬか……。

左馬助の言葉が蘇る。

瀬田川にかかる橋の修復を命じた際、問答をした時のことであった。義理の息子は光秀の心の裡を見透かしていたのだ。

そう。

左馬助の言う通りだ。

信長を殺した時、光秀がこの世で望むものはなくなった。

そういえばあの時、左馬助も利三同様、光秀を殺してやると申し出た。太刀の柄に手をかけた義理の息子を前にして、光秀はこのままでは終わらぬと嘘を吐いた。いや、終わらぬと言ったこと自体は嘘ではない。たしかにあの時点では、光秀自身も終わるつもりはなかった。

己の我儘《わがまま》のために惟任家を終わらせてはならぬ。

その想いに嘘はない。

家臣たちの行く末を案じ、妻や子の安寧を望んだ。

たとえそれが、主殺しという大罪を犯した謀反人の虫の良い戯言《たわごと》であったとしても、光秀には皆を守らねばならぬという大義があった。おろそかにしてはならぬ情愛があった。

頬が冷たい。

重い頭を上げ、天を仰ぐ。

止んでいたはずの雨が、いつの間にか降り始めている。庄兵衛たちはすでに気付いているのか、なにも言わずに黙々と竹林のなかを歩んでいた。誰一人、前を見て歩いている者はいない。足元のぬかるんだ地を見つめながら、六人の男が鎧を鳴らしながら近江へと進む。

雨に打たれ、光秀はふたたびみずからの心に埋没してゆく。

思えば左馬助も利三も、光秀に死を迫った。信長を殺し、虚ろになった主をこれ以上見たくはない。腑抜けた姿を晒すくらいなら、いっそここで死んでくれ。手となり足となって働いてくれた二人の腹心は、そんな忸怩たる想いを胸に抱き、それでも光秀の命に従ってくれたのだ。そんな家臣たちに、己はいったいなにをしたのか。

すでに天下を取ったかの如き信長の傲慢さに憤り、天下を担う者にあらずと思い定め、焼き殺した。

己こそが天下を治めるに相応《ふさわ》しき者……。

そんな高慢な想いは微塵もなかった。

信長を討つという決断を四人の腹心たちに披瀝した際、皆が口々に光秀の真意を問うてきた。天下を担う覚悟があるのか。それが、皆が知りたかった答えであると知りながら、光秀は〝ある〟と明言するのを避けた。信長と信忠を殺すということは、天下を目指すことと同義であるなどと遠回しな言い方をして、明確な野心を示さなかったのである。

しかしそれが、光秀の偽らざる本心だったのだ。

天下に覇を唱えるというだけの決意はなかった。

信長を討つ。

それだけで突っ走った。

後は藤孝と順慶が集ってからじっくりと考えれば良い。その程度にしか考えていなかった。

今にして思えば、自分らしくないと思う。

信長から与えられた命は、用心に用心を重ね、一寸の隙もなく手筈を組み立ててからでしか事を起こせなかった己が、衝動だけで突っ走り、惟任家の命運を左右するような決断を下してしまった。

己のためだけの戦であった。

だから、見失ってしまったのかもしれない。

「言い訳にもならぬ」

「は」

前を行く庄兵衛が立ち止まって振り返った。つられて立ち止まり、庄兵衛がこちらを見ていることに気付いてから、光秀は己が心中の言葉を口にしていたことを悟った。

「言い訳とは」

庄兵衛が問うてくる。どうやらはっきりと聞こえていたらしい。

光秀は首を振る。

「なんでもない」

口を固く結んで再び首を振ったのだが、もしかしたら庄兵衛には笑っているように見えたかもしれない。己の平素の顔が笑みを浮かべていると誤解されることに、光秀は慣れてしまっている。こちらが真剣に答えても、相手が眉根を寄せながら不服そうにしているのを幾度も目の当たりにしていた。

思えば信長との関係も、そこから始まった。

上洛を悲願とする足利義昭の使者として岐阜《ぎふ》城を訪れた際、光秀は織田信長に初めて出会った。義昭への援助を真剣に求める光秀を、信長は笑っていると言って責めた。

いつもいつも……。

光秀は余人とずれている。

素直な想いを口にしても、光秀が伝えたかったように取られることはない。悪い時には真逆に取られ、相手を怒らせてしまう。どれだけ訂正しようとしても火に油を注ぐだけ。言葉を重ねれば重ねるほど、相手との溝は深まってしまう。

「では」

口にしようとした言葉を飲み込んで、調子を合わせるだけの短い返事をしてから、庄兵衛はふたたび背を向けて歩き出した。本当になんでもない。独り言なのだ、気にするな。今更そんなことを言ってみても、庄兵衛にはなにも伝わらない。

疲れた……。

余人と心を擦り合わせようと必死になることに。

「ここは」

場を繋ぐように誰かが言った。

「山科《やましな》か醍醐《だいご》の辺りであろう」

庄兵衛が答える。

都の南東、まだまだ近江は遠い。

道なき道を行く。

庄兵衛は坂本城に戻り、もう一戦と言う。たしかに近江に帰れば、安土にいる左馬助等も集って来るだろう。

だが、秀吉に抗するだけの数はどうやったって集まらない。

秀吉……。

やはりと思う。

もしも、己の前に立ちはだかる者がいるとすれば、羽柴秀吉をおいて他にはないと光秀は見定めていた。秀吉に比べれば、柴田勝家や惟住長秀など小者というしかない。

計り知れないのだ。

人として。

光秀が己の器の範疇《はんちゅう》で捉えきれなかった者は、五十五年の人生のなかで二人だけ。

織田信長。

そして羽柴筑前守《ちくぜんのかみ》秀吉だ。

光秀の器で計れる者には常に理がある。どれだけ驚くような行動をしようとも、その背後には光秀が納得の行く理が存在している。勝家が多くの敵を屠ろうと、長秀が一寸の無駄もなく兵站《へいたん》を整えようと、光秀の器の範疇を超えはしない。

しかし、信長と秀吉は違う。

今川義元を討った桶狭間の時、信長はわずかな手勢のみを引き連れ、今川の大軍の目を掻い潜って義元の首を取った。誰もが敗北を覚悟しているなかでの、自死とも呼べる蛮行の末、見事すべてをくつがえしてみせた。もしも、光秀がその時の信長と成り代わり、幾度選択を迫られようと、一度として同じ決断は下せなかっただろう。

秀吉という男にも信長と同じ匂いを感じるのだ。

どれだけ自軍の損耗《そんもう》を嫌うからといっても、長大な堤を築いて城を湖のなかに孤立させようなどと考えはしない。そんなことをするくらいなら、多少の犠牲を払ってでも力押しに押して門を開いた方が効率が良い。そもそも素性定かならぬ身の上から、主の覚えの目出度さだけで重臣にまで登りつめるなど、常人が真似できる芸当ではない。

光秀は、秀吉と同じ境遇から這い上がれる自信はなかった。美濃国守護、土岐《とき》家に仕官していた明智家の生まれであり、みずからも後に信長の正室となる道三《どうさん》の娘と面識があった故に、織田家への使者になることを求められて細川家に仕官できたのである。いっさいの縁がなく、武士でもない身の上から、城持ちの身分になった秀吉という男もまた、光秀の器の埒外《らちがい》にあった。

そして……。

やはり秀吉は、光秀の器の埒外から攻めてきた。

これほど早く、秀吉が帰って来るとは思ってもみなかった。敗因と呼べる物があるとすれば、間違いなくこの一事が今の光秀を招いた最大の要因であろう。

器の埒外にある者を殺し、器の埒外にある者に敗れた。

それを天運と呼ぶのなら、光秀はためらいなく首肯する。たとえ家臣たちに恨まれようと、他人事のように申すなと詰られようと、己の前に立ちはだかった者が秀吉であったことに、光秀は奇妙な喜びを感じていた。

笹の葉が揺れる。

雨に打たれる音ではない。

周囲を守るように歩んでいた男たちが立ち止まる。

つられて光秀も足を止めた。

「殿を囲め」

前に立つ庄兵衛が男たちに静かに告げる。その腰は深く落ち、右手が太刀の柄に触れていた。

皆の剣呑な気が、光秀を思惟の海から現世へと引き摺り出す。

闇に揺れる竹の合間に何者かが蠢いている。一人や二人ではない。数十人に囲まれていた。いつの間にと思う。だが、みずからの心の裡に沈んでいた光秀には、周囲に気を配るような余裕はない。

庄兵衛たちがいっせいに太刀を抜いた。光秀も腰の柄を握りしめ、竹林の陰に見え隠れする人影を見据える。

敵兵なのか……。

確証がない。

大将首を狙う足軽ならば、光秀の一団を見付けた途端、我先にと飛び掛かって来るはずである。光秀だけではなく、庄兵衛をはじめとした近習たちはそれなりの甲冑に身を包んでいるのだ。生半な身分の者たちではないことは一目瞭然なのである。手柄首は限られている。こちらの出方をうかがっているような余裕はない。しかし、光秀たちを囲む人影は、遠巻きに囲みながら声ひとつ上げようとしないのだ。

「百姓どもにござります」

前を見たまま庄兵衛が言った。

「百姓……」

光秀のつぶやきに庄兵衛がうなずく。

「奴等の狙いは我等の首ではありませぬ。装束や武具。金目の物を奪うつもりでありましょう。もちろん殺して」

首を獲ろうと功として認めてくれる主家がない百姓たちは、戦に敗れた落ち武者を狩る。惟任光秀も溝尾庄兵衛もない。百姓たちの目には、光秀たちは息をする銭でしかないのだ。

こちらが立ち止まったことに気付いた人影が、じりじりと間合いを詰め、輪を縮めてくる。手に手に得物を持っているが、闇に紛れて細部までたしかめることができない。鎌《かま》や鍬《くわ》はわかる。槍を持った者もいる。穂先が諸刃でない物は、おそらく竹槍であろう。

湿った草を踏み締めながら数十人の人影が迫ってくる。近隣の村人なのか。村の男たちが総出で、落ち武者を探しながら夜道を巡っていたのだろう。

「此奴等《きやつ》を始末せねば先へは進めませぬ」

庄兵衛の言葉に光秀は無言のままうなずいた。庄兵衛以外の男たちも、光秀に背を向けるようにして円陣を組んでいる。

民は国の礎《いしずえ》だ。

無駄な殺生は好まない。

光秀は庄兵衛の肩越しに、人影に語りかける。

「鎧と太刀を置いて行く故、見逃がしてくれまいか」

「殿っ！」

庄兵衛が驚きの声を上げるのと、百姓たちが笑うのは同時であった。蔑むような下卑た声が暗夜に響く。

「此奴等になにを申しても無駄にござります。生かして逃がせば、報復しに来るやもしれぬ。村を焼かれてはならぬ故、此奴等は殺して奪いまする」

「わかってんのやったら」

庄兵衛の正面から掠れた声が聞こえてくる。

「さっさと」

今度は背後から。

人影が四方から一斉に迫って来た。

「死んでんか」

最後はどこから聞こえたのかすらわからない。声が途切れたと同時に、人影が四方から一斉に迫って来た。

庄兵衛を筆頭に五人の男たちが、迫り来る百姓にむかって白刃を振るう。

悲鳴と怒号が間近で聞こえる。どこで得たのか、男たちの大半が胴丸を着けている。褌一枚に胴丸。頭に鉢金《はちがね》を巻き、足軽のごとき装束の百姓たちが、乱暴に得物を振り回している。

さすがに五人では満足に光秀を守り切れない。

庄兵衛たちの隙間を掻い潜るようにして、百姓たちが光秀にも殺到する。

「殿っ！」

「大事無いっ！」

庄兵衛の叫びに光秀は答えながら、目の前で竹槍を振り上げた男を見据える。

「ほぉぉぉぉぉぉっ！」

ぼろぼろの歯を見せながら泥に汚れた顔で光秀をにらみ、男が叫ぶ。竹槍を突き出して来る姿を、光秀は冷静に見据える。乱雑に斜めに切っただけの竹の先が、腹にむかって迫って来ていた。狙い定めるような冷静さも武技も、男は持ち合わせていない。

力一杯突き出しながらも、竹の先が右に左に揺れている。

「こっ……」

小さい呼気をひとつ吐いて、光秀は間合いを詰めつつ、竹槍を下から掬い上げるような形で太刀を振り上げた。

竹槍を握る左右の手の間を斬った太刀が、そのまませり上がって男の首を斜めに裂いた。

血飛沫が舞う。

悲鳴すら上げずに男が倒れた。

師に教えを乞うたことはない。戦場で磨いた武技である。

久方振りに人を斬り、昔を思い出す。

義昭が上洛して早々のことだった。信長が岐阜に戻ったのを見計らい、三好《みよし》三人衆が義昭の宿所を襲撃した。その時、光秀は義昭とともにあり、信長の後詰が来るまで、みずから太刀を握って戦った。

武士である。

人を殺すのが生業《なりわい》なのだ。

土を耕す者に戦場で敗けるわけにはいかない。

「次はどいつだ」

太刀を八双に構えながら男たちに問う。

「きぇいっ！」

八双に構え、露わになっている光秀の肩を狙って、新手が鍬を振り下ろしながら叫んだ。

愚か……。

肩を太刀の刃の間合いから外して露わにしているのは誘いなのだ。ここを打って来いと示している。つまり、そこに打って来られれば万全の備えが待っているということだ。

光秀の思惑など知らぬ男が、一心に鍬を振り下ろす。その素直な軌道に合わせるように、太刀を横に傾けながら横薙ぎに振る。

鍬を握った両腕が宙に舞う。

「なんで……」

なくなった手を探すように肘を折って傷口を眼前に掲げながら叫ぶ男の顔が、真っ二つになった。

「囲め、囲めっ！」

方々から声が上がる。

光秀を狙ってのものではなかった。光秀を合わせた六人を、一人ずつ多数で囲もうということだった。

さすがは光秀の近習を務める男たちである。庄兵衛たちは一人も欠けることなく、足元に幾人かの骸を転がしていた。先刻の声は、一人も仕留めることができぬことに焦ったものであろう。

「囲み殺せぇいっ！」

「ひぃいいいいっ！」

ふたつの声が重なった。

それまで一人も欠けずにいた味方の一人が、百姓の群れに押し潰されるようにして地に伏した。

「殿っ！」

心配するように叫ぶ庄兵衛の姿が、人影のなかに消える。

光秀もそんなことを心配している場合ではなかった。

先刻の命を受けた百姓たちが、五六人で光秀を囲み、一斉に得物を振るう。鎌、鍬、槍、竹槍、刀……。どんな得物が、どこを狙っているのかすら定かではない。複数の殺意が、光秀一人を狙って殺到している。

囲まれたらひとたまりもない。

光秀は覚悟を決めた。

目の前に立つ者に狙いを定める。

槍だ。

すでに腹目掛けて突き出そうとしている。

男と間合いを詰めるため、素早く三歩ほど踏み出した。

体を回して穂先を躱《かわ》す。

隣から振り下ろされた鎌が、鼻先を掠めた。

痛みはない。

だから、そのまま槍の男に集中する。

穂先の裡に入れば、槍はたちまちただの棒と化す。

男が引き戻すより先に首を薙ぎ、そのまま輪の外に出る。

「逃がすな、逃がすなっ！」

光秀を囲んでいた男たちの群れから声が飛ぶ。

背をつかまれ倒される訳にはいかない。

輪を脱しても立ち止まらずに、光秀は走った。

「庄兵衛っ！」

空にむかって叫んだ。

男たちの群れは三つ。どうやらすでに二人、殺されたらしい。

「ここにっ！」

太刀で百姓を貫きながら、庄兵衛が姿を見せた。その顔は返り血で真っ赤に染まっている。

二人で背を合わせた。

「このようなところで死ねぬぞ」

「どこまでも御供いたしまする」

庄兵衛にかけた言葉に、自嘲の笑みを浮かべる。

先刻まで、なにもかもどうでも良いと諦めていたではないか。秀吉に敗れたのなら仕方がない。もはや戦っても無駄だとも思っていたではないか。

それがどうだ。

死が間近に迫り、光秀は生きようとしていた。こんなところで死ねぬと、心の底から言っている。

この場を脱して坂本に辿り着いて、なんになるというのか。

敵。

竹槍。

踏み出す。

庄兵衛が背を守るようについて来る。

考えるより先に太刀が動く。

竹槍ごと男の体を両断する。

両断してすぐにまた我に返る。

「ふふふ」

思わず笑い声が漏れた。

「がはははははっ！」

それを聞いて庄兵衛も豪快に笑う。

どうやらすでに二人の他に生きている者はいないようだった。残った敵は、二十はゆうに超えている。

「不思議なものよな」

「はて」

庄兵衛のうながすような相槌を受け、光秀は笑みのまま語る。

「死にたいと思うておるくせに、体は勝手に太刀を振る」

「そは殿が生きたいと思うておる故にござる」

「殺《や》れっ！　早う殺らぬかっ！」

先刻から皆に命を下している声の主が、焦るように叫んだ。

「其方《そなた》達は知らぬのであろう」

人影に静かに語り掛けた。

光秀の言葉に、敵が得物を止めて聞き入っている。

「某は惟任日向守光秀なるぞ」

男たちがざわめく。どうやら百姓たちにも己の名は知られているらしい。

痛快な話ではないか。越前の片隅で喰うや喰わずの暮らしをしていた牢人が、山城の片隅の村人にまで名を知られるような男になった。立身出世が武士の本懐というのなら、光秀は武士として存分に本懐を遂げたといえるだろう。

「其方達のような下賤な者に首を刎ねられる訳には行かぬのだ。済まぬが、死にたくなければ道を開けてくれぬか。黙って見過ごしてくれるというなら、其方達が何者なのか、詮索はいたさぬ。どうじゃ、道を開いてくれぬか」

「わかったら、そこを退けぇいっ！」

腹の底から覇気を吐き、庄兵衛が百姓たちに怒鳴る。

人影の群れが動揺していた。ひそひそとささやく声が方々から聞こえる。

「退けっ！」

ふたたび庄兵衛が怒鳴った。

「五月蝿いっ！　黙れっ！」

百姓たちに命を下す声が叫んだ。

「そいつは光秀や。殺したら秀吉はんがたんと銭くれはるで。怖がらんで、さっさと殺さんかいっ！」

「皆殺しにしてでも押し通るぞっ！」

敗けずに庄兵衛も吠える。

「行かんかいっ！」

「来いっ！」

「早《はよ》、せいっ！」

百姓の声が打ち勝った。

最後の叫びに背中を押されるように、男たちが襲い掛かってきた。

「致し方ありませぬな」

庄兵衛のささやく声に光秀はうなずきを返す。

こうなれば、みずからの腕で道を切り開くのみ……。

「おぉぉぉぉっ！」

光秀はあらんかぎりに叫ぶ。

庄兵衛に背中を預けている。

目の前の敵だけに気を配れば良い。

行く手を塞ぐのは三人。

右端の男が若い。いや、若いというより幼かった。

まだ童の面影を瞳に宿す少年が、迫り来る光秀の覇気に怯えて頬を引き攣らせている。その手に握られた鍬は、胸元に引き寄せられて、刃はあらぬ方を向いていた。

「済まぬ」

ささやきながら、少年にむかって駆ける。

行く末のある少年ととうに五十の坂を越えた戦に敗れた己の命を天秤《てんびん》にかけ、ためらいもせず天秤ごとひっくり返す。泣き顔をした細い首に、太刀を滑らせる。守ろうとして掲げた鍬の柄ごと首を刎ね、そのまま止まらずに包囲を抜けた。

「追えっ！　追わんかいっ！」

苛立ちを露わにして百姓が叫ぶ。

「このまま駆け抜けまするっ」

庄兵衛の声を背に受けながら、光秀はうなずく。

戦場を駆けている……。

そんな心地であった。

利三も左馬助も、こんな風に戦を見ていたのか。迫り来る刃のなかを、己が腕のみを信じて駆けるということがこれほど心を躍らせるとは思ってもみなかった。

「快なり」

みずからに聞こえる声でつぶやく。

自然と口許が綻《ほころ》ぶ。

光秀は笑っていた。

常に張り付く笑みではない。心の底から笑っている。

生きる……。

ここまで強く思ったことはない。

誰のためでもない。

己のために。

一切の柵《しがらみ》を忘れ、ただ一人の男として、光秀はこの場を生きて逃れることに己のすべてを賭けている。

「殿っ！」

庄兵衛の叫び声。

なにかが目の前に立ち塞がっていた。

槍を持っている。

小汚い槍だ。

いや……。

柄にいくつもの節が絡みついている。

「竹……」

己の腹を貫くそれの名を光秀はつぶやいた。

「む、息子を返せぇ」

竹槍を手にした壮年の男が、目に涙を溜めたまま恨めしそうに言った。

先刻、首を刎ねた少年の父。

そんな言葉が不意に頭を過る。

済まぬ……。儂が生きるために仕方なかったのだ……。

言ってやりたいが腹に力が入らない。

「下郎めがっ！」

喉の奥から絞り出すような声を庄兵衛が吐いた。それと同時に、目の前の男の頭が宙に舞う。

腹を縛りつけていた竹槍から力が抜ける。支えを失ったことで、己の足が体を支えていないことを改めて知った。腰から崩れ落ちるように、倒れ込む光秀の背を、なにかが止めた。

「殿っ！」

庄兵衛の腕が背を支えている。

「しょ、しょう……」

声にならない。

「大事ありませぬ。さぁ、坂本へ参りまするぞ」

腹心の頬が引き攣っている。

当たり前だ。

嘘に決まっている。

己の体のことは己が一番わかっている。

どてっ腹に大きな穴が空いているのだ。助かる訳がない。

みずからの足で立たんとし、光秀は腰に力を入れる。ぼやける視界に己の足を捉えると、腹に突き刺さった竹槍も一緒に目に入った。

「じゃ……」

邪魔だ。

両手でしっかりと握る。

「殿、な、なにを」

力を絞り出し、竹槍を引き抜こうとする。絡みついた肉を節がめりめりと押し広げながら、槍がゆっくりと腹から抜けてゆく。

「御止めくだされ」

庄兵衛は泣いている。

百姓たちが二人を取り囲み、少しずつ輪を縮めてゆく。

すでに命運は尽きている。

だからどうした……。

邪魔なのだ。

竹槍が。

「ぬふぅう……」

引き抜き続ける。

手から抵抗が去った。腹のなかにあった堅い物が綺麗さっぱり失せていた。

「がぁうあぁっ！」

言葉にならない雄叫びとともに、竹槍を百姓にむかって投げる。

立っていた。

みずからの足で。

「と、殿……」

信じられないといった様子で、庄兵衛がつぶやく。

不思議と耳ははっきりと聞こえていた。視界は朦朧としているが、それでも見えないということはない。

一歩踏み出す。

男たちが光秀の姿を目の当たりにして慄《おのの》いていた。手にした得物を抱きかかえるようにしながら、息を呑んでいる。

「殺せっ！　さっさと殺らぬかっ！」

輪の背後から命を下す声が聞こえる。

己もあの声と同じだったのだ。

恐れ慄く家臣たちを背後から焚き付け、主を殺させた。みずからは刃を振るいもせずに、ただ命を下すのみ。そのくせ、主を殺めた後は、なにもかもが終わったような顔をして、抗うことを止めてしまった。それを悟ってしまった者を聞き心地のよい言葉を弄して騙《だま》し続け、戦に敗れてこの為体《ていたらく》。己の眼前に死が迫ると、死にたくないと心底から思い、我が身だけのために刃を振るうことを心地よいと感じる。

所詮、己はその程度の男なのだ。今の境遇は自業自得以外の何物でもない。

越前称念寺の門前で喰うや喰わずの牢人であった頃から、なにひとつ変わっていないではないか。己のことしか考えず、こんなところで終わるわけがない、己は牢人などしている男ではないと嘯《うそぶ》いて、目の前の苦境から目を背け続ける。

すべて己の所為だったのだ。

報われない境遇も、先の見えない行く末も。

信長を殺したのは誰でもない。

惟任日向守光秀である。

その事実から逃げようとしていた。天魔を殺すなど人の所業ではない。きっと神か仏が、己の身を借りて主に天罰を下したのだ。そう信じようとしていた。

罪から逃れるために。

何故、素直な気持ちを家臣たちに告げられなかったのか。

本当は天下など望んでいなかった。信長を殺したい。ただそれだけの理由で、本能寺を襲ったと。

いや……。

それすらも、本心ではないような気がする。

気付いた時には本能寺が炎に包まれていた……。

それが一番、真実に近いと思う。

すべてが終わってから、言い訳のように天下や大義などということを口にしたに過ぎない。謀反の前夜、四人の腹心たちを集めて謀反の意を告げた時ですら、主を殺した後のことについては口から出まかせに近い策とも呼べぬ世迷言《よまいごと》を羅列《られつ》したに過ぎなかった。

織田家随一の出頭人。

笑わせる。

それほど上等な男ではない。
「なにをしとるんやっ！　さっさと殺らんかいっ！」
先刻から命を下し続ける男が、泣き叫ぶように言った。
光秀は笑いながら一歩一歩その声に近付いてゆく。
済まぬ……。
己に従ってくれた者たちすべてに心の裡で謝る。
どれほど謝っても謝りきれない。きっと地獄でも責められよう。
済まぬ、済まぬ、済まぬ……。
それでも謝り続けるしか他に道がない。
我が道を存分に歩み、周囲の者たちを巻き込み、多くを殺した。
眩しかったのだ。
織田信長が。
あまりにも眩しかったから。
翳《かげ》りが許せなかった。
緩みきった笑顔が耐えられなかった。
「小さいのぉ」

己の声なのかと疑いたくなるほどの掠れた声が、笑みに歪んだ唇から漏れる。

百姓の群れが目の前で左右に割れた。

庄兵衛の声は聞こえない。

殺されたのかもしれない。

一人……。

越前に流れ着いた時も一人だった。

恐れる男たちの視線を浴びながら、輪の奥で立ち尽くしている人影にむかって歩を進める。痛みはまったく感じない。ふわふわと雲の上を歩んでいるような心地だった。

人影が像を結ぶ。

「おぉ」

引き締まった顔に、消そうとしても消せぬ気品が漂っている。穏やかな瞳で光秀を捉えたまま、涼やかな顔がうなずいた。

「細川様」

藤孝が笑っている。

若い。

かつての主の顔がぐにゃりと曲がり、肉がどろどろと溶けて、丸顔へと変貌する。

先刻までの気品は失せていた。白粉に丸眉、かすかに開いた唇の隙間から見える歯は鉄漿《おはぐろ》で塗られている。公家のそれでありながら、高貴な気配は微塵も感じられない。

「義昭殿」

光秀は丸顔の名を呼んだ。

「ふんっ」

憎らし気に光秀を見下しながら、義昭が鼻で笑う。

刹那、ふたたび顔の肉が溶ける。

「あぁ……」

細面に変貌し、目鼻を取り戻したそれを見つめ、光秀は思わず声を上げた。

鷲鼻の下に細い髭を蓄え、爛々と輝く覇気に満ちた瞳で光秀を見つめるその顔は、なにがあっても見間違うことのない、あの男のものだった。

「の、信長様」

眼前の顔の名を呼んだ。

「金柑」

信長が仇名を呼んだ。

「なんなりと仰せ付け下さりませ殿」

光秀は最期の言葉を吐き、頭を垂れた。

終章

「なんというみすぼらしい姿であろうか。のぉ、光ひ……」

柱に磔《はりつけ》にされた骸を見上げ、秀吉は言った。語りかけたは良いが、泣き出しそうになってしまい、たまらず途中で言葉を切ってしまった。

京粟田口《あわたぐち》。

醍醐辺りの百姓に討たれたという光秀が、骸のまま磔刑に処された。その隣には、逃走の末に捕えられた斎藤利三も手足を括りつけられている。その腹からは腸が飛び出し、絶命していた。

すでに惟任一族は滅んでいる。

山崎での敗北を、光秀の娘婿、明智左馬助は安土城で聞いたという。報せを得た左馬助は、安土城を放棄して一族が籠る坂本城へと向かった。

堀久太郎秀政に坂本城を囲ませたのだが、左馬助は惟任家に残る多くの宝が灰になるのを惜しみ、秀政へと届けさせたという。その後、光秀の妻子と己が妻とともに、燃える城のなかで腹を斬った。傷の療養のために京にいた光秀の従兄弟の光忠も、城に入って自害したという。

これをもって惟任家に連なる者はこの世から果てたことになる。

「痛ましいの」

涙声も構わずに秀吉はつぶやく。周囲に侍る官兵衛や秀長等は、光秀に対し同情するような主の言葉を、黙したまま聞いている。

名も無き百姓に討たれた光秀の首は京へと運ばれて、焼け落ちた本能寺の門前で晒された。その後、首と胴を繋がれて、改めて粟田口で利三とともに磔刑に処されたのである。

主《しゅ》殺しという大罪を犯し、天下を騒がした謀反人である。厳格な処罰をせねば、示しがつかない。

しかし。

命じた本人であるにもかかわらず、頭上の骸を目の当たりにして、秀吉は言葉を見失ってしまう。

友だった……。

こうなって初めてそう思う。光秀がいなかったら、間違いなく己はここにはいない。

織田家の臣でもないくせに、主に目をかけられ、秀吉以上の寵愛を受けていた。城を任されたのも光秀の方が先であるし、領地を得たのも光秀が先だ。

秀吉の目の前にはつねに光秀がいた。武張ったところは一切なく、侍らしくない線の細い光秀の背中を追い続け、秀吉はここまで来たのである。

涙が止まらない。

どこで道は分かれてしまったのか。

己は無残な骸を見上げ、光秀は光を失った眼で秀吉を見下ろしている。

死の匂いを嗅ぎつけた鴉が、光秀の腹から零れた腸をつまんで宙に舞う。腐りかけた腸は無残にも千切れ、餌を得た黒き鳥が上機嫌に去ってゆく。

運が開けた。

主の死を報せてきた官兵衛はそう言った。

もしも、天下へと続く道に主という堅牢な門が立ち塞がっていたというのなら、その門を開いてくれたのは、他の誰でもない光秀である。光秀が主を殺してくれたから、秀吉は天下という言葉をみずからの物として知覚するようになった。

「殿」

官兵衛の声が聞こえる。ここ数日、官兵衛は秀吉殿ではなく、殿と呼び始めた。それについて確かめることもなく、好きに呼ばせている。

光秀を見上げたまま、秀吉は腹心の言葉を待つ。

「織田家の宿老を一所に集め、これより先のことを議するべきとの話が持ち上がっておりまする」

「そうか」

短く答える。

大方、惟住長秀あたりの策なのであろう。長秀と越前にいる柴田勝家は近しい間柄である。主の仇を討った秀吉が、家中で抽んでることを危ぶんでのことなのは見え見えであった。

「いかになさりまするか」

「異を唱えたところでどうなるものでもあるまい」

友を見上げたまま言った。

「まったく」

笑みを浮かべ、光秀に語りかける。

「どいつもこいつも浅ましいとは思いませぬか光秀殿」

立ち上がる。

「みずから手を振り上げることもなく、事が決した後に我が物顔で現れる。ようやった猿などと、主気取りで言われたら、どんな顔をすれば良いのやら」

柴田勝家の鬼瓦のような面を思い浮かべる。

「殿と光秀殿がおらぬようになった今、儂しかおりませぬな」

天下……。

余人に任せられるものではない。

「承知いたしました」

光秀にむかってうなずく。

「光秀殿の志、某が受け継ぎまする」

深々と頭を下げる。

「さらば」

別れを告げて官兵衛を見た。

「どこでやると申しておる」

「清洲《きよす》城にて」

「よっしゃっ！」

みずからの顔を両手で挟むようにして、思い切り頬を叩く。

「もう儂は止まらんぞっ！　皆しっかり付いて参れ！」

「応っ！」

家臣たちの頼もしい声を総身に受けながら、秀吉は友に背を向け歩み出す。その光輝く瞳には、天下の二文字がしっかりと見据えられていた。

○主な参考文献

『原本現代訳　太閤記（一）』小瀬甫庵著　吉田豊訳　教育社刊
『現代語訳　信長公記』太田牛一著　中川太古訳　新人物文庫刊
『完訳フロイス日本史1』ルイスフロイス著　松田毅一　川崎桃太訳　中央公論新社刊
『完訳フロイス日本史2』ルイスフロイス著　松田毅一　川崎桃太訳　中央公論新社刊
『完訳フロイス日本史3』ルイスフロイス著　松田毅一　川崎桃太訳　中央公論新社刊
『新編　福知山城の歴史』福知山市郷土資料館編集　福知山市発行
『明智光秀　織田政権の司令塔』福島克彦著　中公新書刊
『明智光秀・秀満』小和田哲男著　ミネルヴァ書房刊
『信長を操り、見限った男　光秀――史上もっともミステリアスな武将の正体』乃至政彦著　河出書房新社刊
『明智光秀と本能寺の変』小和田哲男著　PHP文庫刊
『明智光秀の原像』窪寺伸浩著　あさ出版刊

本書は文庫書下ろし作品です。

|著者|矢野 隆　1976年福岡県生まれ。2008年『蛇衆』で第21回小説すばる新人賞を受賞。その後、『無頼無頼《ぶらぶら》ッ！』『兇』『勝負《ガチ》！』など、ニューウェーブ時代小説と呼ばれる作品を手がける。また、『戦国BASARA3　伊達政宗の章』『NARUTO－ナルト－　シカマル新伝』『THE LEGEND & BUTTERFLY』といった、ゲームやコミック、映画のノベライズ作品も執筆して注目される。'21年から始まった「戦百景」シリーズ（本書を含む）は、第4回細谷正充賞を受賞するなど高い評価を得ている。また'22年に『琉球建国記』で第11回日本歴史時代作家協会賞作品賞を受賞。他の著書に『清正を破った男』『生きる故』『我が名は秀秋』『戦始末』『鬼神』『山よ奔《はし》れ』『大ぼら吹きの城』『朝嵐《あさあらし》』『至誠の残《ざん》滓《し》』『源匣記《げんこうき》 獲生伝《かくしょうでん》』『とんちき 耕書堂青春譜』『さみだれ』『戦神《いくさがみ》の裔《すえ》』などがある。

戦百景《いくさひゃっけい》　山崎《やまざき》の戦《たたか》い

矢野《やの》 隆《たかし》

講談社文庫
定価はカバーに
表示してあります

2023年3月15日第1刷発行

KODANSHA

発行者──鈴木章一
発行所──株式会社　講談社
東京都文京区音羽2-12-21　〒112-8001
電話 出版（03）5395-3510
販売（03）5395-5817
業務（03）5395-3615

デザイン─菊地信義
本文データ制作─講談社デジタル製作
印刷───株式会社KPSプロダクツ
製本───株式会社国宝社

Printed in Japan

ISBN978-4-06-531170-7

講談社文庫刊行の辞

二十一世紀の到来を目睫に望みながら、われわれはいま、人類史上かつて例を見ない巨大な転換期をむかえようとしている。

世界も、日本も、激動の予兆に対する期待とおののきを内に蔵して、未知の時代に歩み入ろうとしている。このときにあたり、創業の人野間清治の「ナショナル・エデュケイター」への志を現代に甦らせようと意図して、われわれはここに古今の文芸作品はいうまでもなく、ひろく人文・社会・自然の諸科学から東西の名著を網羅する、新しい綜合文庫の発刊を決意した。

激動の転換期はまた断絶の時代である。われわれは戦後二十五年間の出版文化のありかたへの深い反省をこめて、この断絶の時代にあえて人間的な持続を求めようとする。いたずらに浮薄な商業主義のあだ花を追い求めることなく、長期にわたって良書に生命をあたえようとつとめるところにしか、今後の出版文化の真の繁栄はあり得ないと信じるからである。

同時にわれわれはこの綜合文庫の刊行を通じて、人文・社会・自然の諸科学が、結局人間の学にほかならないことを立証しようと願っている。かつて知識とは、「汝自身を知る」ことにつきていた。現代社会の瑣末な情報の氾濫のなかから、力強い知識の源泉を掘り起し、技術文明のただなかに、生きた人間の姿を復活させること。それこそわれわれの切なる希求である。

われわれは権威に盲従せず、俗流に媚びることなく、渾然一体となって日本の「草の根」をかたちづくる若く新しい世代の人々に、心をこめてこの新しい綜合文庫をおくり届けたい。それは知識の泉であるとともに感受性のふるさとであり、もっとも有機的に組織され、社会に開かれた万人のための大学をめざしている。大方の支援と協力を衷心より切望してやまない。

一九七一年七月

野間省一

講談社文庫 最新刊

横山光輝
山岡荘八・原作
漫画版 徳川家康 4
家康と合流した信長は長篠の戦で武田勝頼に勝つ。築山殿と嫡男・信康への対応に迫られる。

横山光輝
山岡荘八・原作
漫画版 徳川家康 5
本能寺の変の報せ《しら》に家康は伊賀を決死で越えた。小牧・長久手の戦で羽柴秀吉と対峙する。

矢野隆
〈戦《いくさ》百景〉
山崎の戦い
本能寺の変で天下を掌中にしかけた光秀。中国大返しで、それに抗《あらが》う秀吉。天下人が決まる！

阿部和重
アメリカの夜 インディヴィジュアル・プロジェクション
〈阿部和重初期代表作Ⅰ〉
現代日本文学の「特別な存在」の原点。90年代「J文学」を牽引した著者のデビュー作含む二篇。

阿部和重
無情の世界 ニッポニアニッポン
〈阿部和重初期代表作Ⅱ〉
暴力、インターネット、不穏な語り。阿部和重の神髄。野間文芸新人賞受賞作、芥川賞候補作の新版。

吉森大祐
幕末ダウンタウン
新撰組隊士が元芸妓とコンビを組んで、舞台を目指す!? 前代未聞の笑える時代小説！

デボラ・クロンビー
西田佳子 訳
警視の慟哭
キンケイド警視は警察組織に巣くう闇に、ジェマは閉ざされた庭で起きた殺人の謎に迫る。

講談社タイガ
内藤了
禍事
〈警視庁異能処理班ミカヅチ〉
異能事件を発覚させずに処理する警察。東京という闇に向き合う彼らは、無傷ではいられない——。

講談社文庫 最新刊

著者	書名	内容
伊坂幸太郎	P K 〈新装版〉	勇気は、時を超えて、伝染する。読み終えた瞬間、新たな世界が見えてくる〝未来三部作〟。
西尾維新	掟上今日子の旅行記	怪盗からの犯行予告を受け、名探偵・掟上《おきてがみ》今日子《きょうこ》はパリへ！ 大人気シリーズ第8巻。
佐々木裕一	領地の乱 〈公家武者信平《のぶひら》ことはじめ(十三)〉	とんとん拍子に出世した男にも悩みは尽きぬ。広くなった領地に、乱の気配！ 人気シリーズ！
瀬戸内寂聴	すらすら読める源氏物語(下)	「宇治十帖」の読みどころを原文と寂聴名訳で味わえる。下巻は「匂宮《におうのみや》」から「夢浮橋《ゆめのうきはし》」まで。
山口仲美	すらすら読める枕草子	清少納言の鋭い感性と観察眼は、現代のわたしたちになぜ響くのか。好著、待望の文庫化！
輪渡颯介	怨《おん》返《がえ》し 〈古道具屋 皆塵堂〉	恩ある伯父が怨みを買いまくった非情の取り立て人だったら!? 第十弾。〈文庫書下ろし〉
武内涼	謀聖 尼子経久伝 〈雷雲の章〉	尼子経久、隆盛の時。だが、暗雲は足元から湧き立つ。「国盗り」歴史巨編、堂々の完結。
朝倉宏景	エール 〈夕暮れサウスポー〉	戦力外となったプロ野球選手の夏樹《なつき》は、社会人チームから誘いを受け――。再出発の物語！

講談社文芸文庫

柄谷行人

柄谷行人対話篇Ⅲ 1989－2008

東西冷戦の終焉、そして湾岸戦争を通過した後の資本にどう対抗したらよいのか？根源的な問いに真摯に向き合ってきた批評家が文学者とかわした対話十篇を収録。

978-4-06-530507-2
かB20

フローベール　蓮實重彦 訳

三つの物語／十一月

解説＝蓮實重彦

生前発表した最後の作品集『三つの物語』と、若き日の恋愛を描き『感情教育』の母胎となった『十一月』。『ボヴァリー夫人』と並び称される名作を第一人者の訳で。

978-4-06-529421-5
フD1

薬丸　岳　Aではない君と
薬丸　岳　ガーディアン
薬丸　岳　刑事の怒り
薬丸　岳　天使のナイフ〈新装版〉
薬丸　岳　告　解
山崎ナオコーラ　可愛い世の中
矢月秀作　A《ア》C《ク》T《ト》〈警視庁特別潜入捜査班〉
矢月秀作　A《ア》C《ク》T《ト》2　告発者〈警視庁特別潜入捜査班〉
矢月秀作　A《ア》C《ク》T《ト》3　掠奪〈警視庁特別潜入捜査班〉
矢野　隆　我が名は秀秋
矢野　隆　戦《いくさ》始末
矢野　隆　乱
矢野　隆　長篠の戦い〈戦百景〉
矢野　隆　桶狭間の戦い〈戦百景〉
矢野　隆　関ヶ原の戦い〈戦百景〉
矢野　隆　川中島の戦い〈戦百景〉
矢野　隆　本能寺の変
山内マリコ　かわいい結婚
山本周五郎　さぶ〈山本周五郎コレクション〉

山本周五郎　白石城死守〈山本周五郎コレクション〉
山本周五郎　完全版　日本婦道記(上)(下)〈山本周五郎コレクション〉
山本周五郎　戦国武士道物語　死《し》處《しょ》〈山本周五郎コレクション〉
山本周五郎　戦国物語　信長と家康〈山本周五郎コレクション〉
山本周五郎　幕末物語　失蝶記〈山本周五郎コレクション〉
山本周五郎　逃亡記　時代ミステリ傑作選〈山本周五郎コレクション〉
山本周五郎　家族物語　おもかげ抄〈山本周五郎コレクション〉
山本周五郎　繁《しげ》あね〈美しい女たちの物語〉
山本周五郎　雨あがる〈映画化作品集〉
柳田理科雄　スター・ウォーズ　空想科学読本
柳田理科雄　MARVEL　マーベル空想科学読本
靖子靖史　空《くう》色《しき》カンバス〈瑞空寺《ずいくうじ》凸凹《でこぼこ》縁起《えんぎ》〉
安本由佳・山本理沙　不機嫌な婚活
山中伸弥・平尾誠二・惠子　友情〈平尾誠二と山中伸弥「最後の約束」〉
山手樹一郎　夢介千両みやげ(上)(下)〈完全版〉
夢枕　獏　大江戸釣客伝(上)(下)
唯川　恵　雨　心　中
行成　薫　ヒーローの選択
行成　薫　バイバイ・バディ

行成　薫　スパイの妻
柚月裕子　合理的にあり得ない〈上水流《かみづる》涼子《りょうこ》の解明〉
吉村　昭　私の好きな悪い癖
吉村　昭　吉村昭の平家物語
吉村　昭　暁の旅人
吉村　昭　新装版　白い航跡(上)(下)
吉村　昭　新装版　海も暮れきる
吉村　昭　新装版　間宮林蔵
吉村　昭　新装版　赤い人
吉村　昭　新装版　落日の宴(上)(下)
吉村　昭　白い遠景
横尾忠則　言葉を離れる
与那原恵　わたぶんぶん〈わたしの「料理沖縄物語」〉
米原万里　ロシアは今日も荒れ模様
横山秀夫　半　落　ち
横山秀夫　出口のない海
吉田修一　日曜日たち
吉本隆明　真　贋
吉本隆明　フランシス子へ

横関 大 再会
横関 大 グッバイ・ヒーロー
横関 大 チェインギャングは忘れない
横関 大 沈黙のエール
横関 大 ルパンの娘
横関 大 ルパンの帰還
横関 大 ホームズの娘
横関 大 ルパンの星
横関 大 スマイルメイカー
横関 大 K2〈池袋署刑事課 神崎・黒木〉
横関 大 炎上チャンピオン
横関 大 ピエロがいる街
横関 大 仮面の君に告ぐ
横関 大 誘拐屋のエチケット
吉川永青 裏関ヶ原
吉川永青 化け札
吉川永青 治部の礎《いしずえ》
吉川永青 老侍
吉川永青 雷雲の龍〈会津に吼える〉
吉村龍一 光る牙
吉川トリコ ぶらりぶらこの恋
吉川トリコ ミドリのミ
吉川英梨 波動〈新東京水上警察〉
吉川英梨 烈渦〈新東京水上警察〉
吉川英梨 朽《く》海《かい》の城〈新東京水上警察〉
吉川英梨 海底の道化師〈新東京水上警察〉
吉川英梨 月《げっ》下《か》蝋《ろう》人《じん》〈新東京水上警察〉
吉川英梨 海《かい》蝶《ちょう》〈海を護るミューズ〉
よむーく よむーくの読書ノート
よむーく よむーくノートブック
隆 慶一郎 花と火の帝(上)(下)
隆 慶一郎 時代小説の愉しみ
リレーミステリー 宮辻薬東宮
令丈《れいじょう》ヒロ子 原作・文 吉田玲子 脚本 小説 若おかみは小学生!〈劇場版〉
渡辺淳一 失楽園(上)(下)
渡辺淳一 男と女
渡辺淳一 泪《なみだ》と壺《つぼ》
渡辺淳一 秘すれば花
渡辺淳一 化粧(上)(下)
渡辺淳一 あじさい日記(上)(下)
渡辺淳一 熟年革命
渡辺淳一 幸せ上手
渡辺淳一 新装版 雲の階段(上)(下)
渡辺淳一 麻酔〈渡辺淳一セレクション〉
渡辺淳一 阿寒に果つ〈渡辺淳一セレクション〉
渡辺淳一 何《いず》処《こ》へ〈渡辺淳一セレクション〉
渡辺淳一 光と影〈渡辺淳一セレクション〉
渡辺淳一 花《はな》埋《うず》み〈渡辺淳一セレクション〉
渡辺淳一 氷紋〈渡辺淳一セレクション〉
渡辺淳一 長崎ロシア遊女館〈渡辺淳一セレクション〉
渡辺淳一 遠き落日(上)(下)〈渡辺淳一セレクション〉
輪《わ》渡《たり》颯介 古道具屋 皆塵堂
輪渡颯介 猫除け 古道具屋 皆塵堂
輪渡颯介 蔵盗み 古道具屋 皆塵堂
輪渡颯介 迎え猫 古道具屋 皆塵堂
輪渡颯介 祟《たた》り婿《むこ》 古道具屋 皆塵堂
輪渡颯介 影憑《つ》き 古道具屋 皆塵堂

講談社文庫　目録

輪渡颯介　夢の猫　古道具屋　皆塵堂
輪渡颯介　呪い禍　古道具屋　皆塵堂
輪渡颯介　髪追い　古道具屋　皆塵堂
輪渡颯介　溝猫《どぶねこ》長屋　祠之怪《ほこらのかい》
輪渡颯介　優しき悪霊〈溝猫長屋　祠之怪〉
輪渡颯介　欺きの童《わらし》霊《れい》〈溝猫長屋　祠之怪〉
輪渡颯介　物の怪斬り〈溝猫長屋　祠之怪〉
輪渡颯介　別れの霊祠〈溝猫長屋　祠之怪〉
輪渡颯介　怪談飯屋古狸
綿矢りさ　ウォーク・イン・クローゼット
和久井清水《きよみ》　水際のメメント〈きたまち建築事務所のリフォームカルテ〉
和久井清水　かなりあ堂迷鳥草子《めいちょうぞうし》
若菜晃子　東京甘味食堂

2022年12月15日現在